L'HERITIER RIDICVLE, OV LA DAME INTERESSEE, COMEDIE.

Par Monsieur SCARRON.

A ROVEN, Et se vend

A PARIS,

Chez GVILLAVME DE LVYNE, Libraire Iuré, au Palais, en la Gallerie des Merciers, à la Iustice.

M. DC. LXIV.

ACTEVRS.

DOM DIEGVE de Mendoce.

FILIPIN, ou DOM PEDRO de Buffalos, Laquais de Dom Diegue.

ROQVESPINE Escuyer de Dom Diegue.

CARMAGNOLLE Valet de Dom Pedro de Buffalos.

DOM IVAN BRACAMONT.

LEONOR DE GVSMAN.

HELENE DE TORREZ.

BEATRIS, Seruante de Leonor.

PAQVETTE Seruante d'Helene.

MVSICIENS.

La Scene est à Madrid.

L'HERITIER RIDICVLE, OV LA DAME INTERESEE, COMEDIE.

ACTE I.

SCENE PREMIERE.

LEONOR, BEATRIS.

BEATRIS.

ADAME, c'eſt encourir beaucoup, & rien prendre,
Pour moy, ie n'en puis plus, ie commence à me rendre,
Si vous vouliez vn peu regagner la maiſon,
Vous ne feriez pas mal.

LEONOR.

Beatris a raiſon

De ſe laſſer enfin de prendre tant de peine ;
Mais elle ne ſçait pas le ſujet qui me meine.

BEATRIS.

Vous ne le ſçauez pas auſſi.

LEONOR.

Ie le ſçay bien ;
Mais trop pour mon repos.

BEATRIS.

Trop auſſi pour le mien,
Moy qui croyois marcher des mieux pour vne fille,
Qui l'aurois diſputé contre vn Porte-mandille,
Ie confeſſe pourtant que vous allez du pied
Cõme moy, pour le moins, voire mieux de moitié ;
Pour moy ie ne vay plus quaſi que d'vne feſſe ;
Car vous ne parlez point, & vous révez ſans ceſſe.
Madame, encore vn coup, ie ne puis tant aller,
Si ie n'ay quelquefois le plaiſir de parler :
Mais pourueu que ie parle, & que l'on me répõde,
I'iray ſans me laſſer iuſques au bout du monde.

LEONOR.

Ouy, Beatris, vn peu de conuerſation,
I'y conſens, & t'écoute auec attention.

BEATRIS.

Diſcourõs dõc vn peu, mais qu'il ne vous déplaiſe
Du ſujet qui vous fait ſans caroſſe & ſans chaiſe,
Sans Eſcuyer, ſans gens, ſans ſuite, ſinon moy,
Courir le long du iour ſur le paué du Roy.
Ie ne m'ingere point de condamner la choſe
Deuant que la ſçauoir : mais l'effet qu'elle cauſe,
Ma laſſitude à part, ie ne le puis joüer ;
Car ma chere Maiſtreſſe, il vous faut aduoüer
Que depuis quatre iours que vous courez la ruë,
Et faites malgré moy de la Dame inconnuë,

Si c'est auec dessein qu'il a mal reüssi,
Et si c'est sans dessein, que les fous font ainsi.
Vous ne sçauez pas bien ma foy ce que vous faites,
Que dira-t'on de vous, si l'on sçait qui vous estes?
Vous, qui dites toûjours, mon Dieu que dira-t'on?
Vous, qui dites toûjours, le trouuera-t'on bon?
Qui de tout & par tout faites la scrupuleuse,
Ne redoutez-vous point qu'on vous nomme coureuse?
Car ce nom-là vous est (sauf vostre honneur) bien deu,
Si vous courez ainsi toûjours à corps perdu :
Et ne songez-vous point aux langues de vipere
Qui tondent sur vn œuf, qui de tout font mystere ?
Les vns diront du moins, que vous perdez le sens,
Les autres plus, selon qu'ils seront médisans:
Moy, qui cheris l'honneur autant, & plus qu'vn autre,
Que fera-t'on au mien, si l'on s'attaque au vostre,
Puis que l'on dit toûjours, tel Maistre, tel valet?

LEONOR.

Ie n'attendois pas tant de ton esprit follet,
Mais puis que ie te trouue aujourd'huy si morale,
Ie te veux croire aussi d'vne ame assez loyale
Pour apprendre de moy le sujet important
Qui me fait tant courir & qui te lasse tant.
Escoute donc.

BEATRIS.

Vrayment, Madame, si j'écoute,
Ie choisirois plûtost de ne voir jamais goute,
Que de n'écouter pas vn important secret.
C'est mon plus grand plaisir, mais i'ay l'esprit discret.

LEONOR.

Sçache donc, Beatris, que j'ayme.

BEATRIS.

Est-il possible?
Ie vous en ayme mieux, il faut estre sensible,
Pour moy, ie vous croyois plus dure qu'vn rocher,
Mais puis que ie connois que l'on vous peut tou-
Si pour vous y seruir, il ne faut que ma vie, (cher,
Madame, asseurez-vous que vous serez seruie.

LEONOR.

Mais ie suis, Beatris, malheureuse à tel point,
Que j'ayme vn Caualier.

BEATRIS.

Qui ne vous ayme point?

LEONOR.

Non, mais qui ne sçait pas que pour luy ie soû-
pire.

BEATRIS.

Le malheur n'est pas grand, il ne faut que luy dire.

LEONOR.

Et comment, Beatris?

BEATRIS.

C'est moy qui luy dira,
Reposez-vous sur moy, Dieu nous assistera.
Quand c'est à bonne fin, l'œuure n'est pas mau-
uaise. (braise,
Ha! vrayment, il vaut mieux aymer chaud comme
Que haïr son prochain, & luy faire le froid.
Madame, il faut aymer ce qu'aymable l'on croit,
Et ne pretendre pas aussi pour estre aymable,
Qu'on ait droit de laisser perir vn miserable.
Quand vostre Amant seroit plus fier qu'vn Nar-
cissus,
I'en viendrois bien à bout, j'en aurois le dessus;
Et si ie ne tiens pas la chose difficile,
Comment trouueroit-il qui vous vaille en la ville?

Nommez-le ſeulement, ie vous le rends rendu,
Et quand pour ſon merite il feroit l'entendu;
Car ie ne doute point qu'il n'en ayt plus qu'vn autre,
Puis qu'il a le pouuoir d'aſſujettir le voſtre.
Nous auons pour gagner les ſuperbes Amans
Des ſecrets auſſi forts que des enchantemens.
Mais pour vous, que le Ciel a faite toute belle,
Vous n'auez qu'à joüer vn peu de la prunelle,
Vous n'auez qu'à luy faire vne fois les yeux doux,
Vous le verrez bien-toſt embraſſer vos genoux.
Belle, riche d'eſprit, noble, auec tous ces charmes,
Vous auez des deſirs qui vous coûtent des larmes.
C'eſt à vous bien plûtoſt à donner des deſirs,
Qui cauſent de l'extaſe, ou bien des déplaiſirs:
Selon que vous ſerez en humeur de bien faire,
Il ſera trop heureux, Madame, de vous plaire.

LEONOR.

Ho, ho, la Beatris, qui t'en a tant apris?
Ie ne connoiſſois pas ton merite & ton pris;
Ie ne penſois auoir qu'vne ſimple ſeruante,
Et tu t'es découuerte vne fille ſçauante.

BEATRIS.

Ie puis parler d'amour, puis que i'en ay tâté,
Et vous y puis ſeruir puis que i'en ay traité:
Mais depuis vn certain, qui mourut à la guerre,
Ie ne prens plus plaiſir aux choſes de la terre:
Que maudit ſoit le iour que premier ie le vy,
Si mon cruel deſtin ne me l'auoit rauy,
Ie ne me verrois pas vne ſimple ſoubrette;
Mais Dieu l'a bien voulu, ſa volonté ſoit faite;
Parlons de voſtre affaire, & me contez vn peu
Cõment, quand, & par qui voſtre cœur a pris feu.

LEONOR.

Ce fut vn peu deuant que nous fussions ensemble,
Dieux ! à ce souuenir, ie frissonne, & ie tremble,
Vn iour qu'il fit fort beau, j'allay me promener
Aux champs, où j'auois fait apprester le disner;
I'auois pris auec moy quatre de mes amies,
Apres disner estans toutes cinq endormies,
En attendant le frais, laissant passer le chaud,
Vn effroyable bruit me réveille en sursaut,
Ie me leue, & ne voy dans la chambre parestre
Qu'vne épaisse fumée, à trauers la fenestre,
Ie voy le Ciel en feu, qui me remplit d'effroy,
Ie tombe éuanoüie, & si fort hors de moy,
Que qui m'eût veuë alors, m'eût creuë aisément
morte,
Le feu gagnoit déja l'escalier, & la porte.
Ces Dames qui m'auoient laissée en ce danger,
(La peur les auoit bien empesché d'y songer)
Versoient assez de pleurs, faisoiẽt assez de plaintes,
Et ie jurerois bien qu'elles n'estoient pas feintes,
Offroient assez d'argent ; mais à me secourir
Chacun faisoit le sourd, de crainte de mourir,
Alors qu'vn Caualier, conduit par mon bon Ange,
Arriue, est informé de ce malheur étrange :
Ces Dames en pleurant, luy cõtent mon malheur;
Et luy, fut-il jamais de pareille valeur ?
Fut-il jamais vertu comparable à la sienne ?
Met sa vie en hazard pour secourir la mienne,
Saute sans hesiter de son carosse en bas,
Passe au trauers du feu qui ne l'épargne pas,
Monte viste en la chambre, ou plûtost il y vole.
Cette belle action dehors passe pour folle,
On le plaint, on le croit aussi perdu que moy,
Lors qu'on le voit sortir, me traînant apres soy,

Le poil brûlé, le teint tout noircy de fumée.
Il ne s'en alla point tant qu'il me vit pâmée;
Mais ſi-toſt qu'il me vit reprendre mes eſprits,
Sans que ſon action receuſt le moindre prix,
Ie confeſſe en cela que l'on fit vne faute,
Et par là i'ay bien veu qu'il a l'ame bien haute;
Sans ſe faire de feſte, ou ſe faire valoir,
Sans qu'il me ſoit depuis ſeulement venu voir,
Il s'éloigna de nous, ce bel Ange viſible.
Iuge ſi j'en reçeus vn déplaiſir ſenſible,
Alors qu'on m'euſt apris ce que ie luy deuois.
C'eſt ce qui m'a reduite au point où tu me vois;
C'eſt ce qui m'a depuis fait verſer tant de larmes,
Et dõné ſur mon cœur tant de force à ſes charmes,
Que rien ne me paroiſt aymable comme il eſt.
Apres luy dans la Cour perſonne ne me plaiſt.
Soit qu'il ſoit trop aymable, ou moy trop ſuſceptible
D'vn amour, qu'à chaſſer i'ay fait tout mon poſſible;
Car ie l'ay veu depuis, cét aymable vainqueur;
Mais ie ne l'ay pû voir qu'aux dépens de mon cœur,
Mais ie ne l'ay pû voir ſans en eſtre amoureuſe,
Et de plus, Beatris, jalouſe, & furieuſe,
Ne deſaprouue point ces mouuemens jaloux;
Ie l'ay veu depuis peu dans l'Egliſe à genoux,
Diſcourant en ſecret auec vne inconnuë,
Que mon Page ſuiuit iuſques dans cette ruë.
Et c'eſt pourquoy i'y viens depuis deux ou trois iours,
Et ce qui m'y fait faire auec toy tant de tours.
Mais j'aperçoy venir le plus fâcheux des hommes,
Ie ſuis au deſeſpoir, s'il cõnoiſt qui nous ſommes:
C'eſt vn hôme choquant, vn homme ſans raiſon.

BEATRIS.

Entrons sans marchander dedans cette maison,
I'en vois sortir, me semble, vne femme assez belle.

LEONOR.

Mon Dieu ! sans la connoistre.

BEATRIS.

Et vous mangera-t'elle?
Allez, allez, Madame, & parlez hardiment,
Il ne vous en sçauroit coûter qu'vn compliment.

SCENE II.

LEONOR, HELENE, BEATRIS.

LEONOR.

MAdame, n'ayant pas l'honneur de vous connaistre,
Vous n'approuuerez pas ma liberté, peut-estre,
Mais vous ne pouuez pas auoir tant de beauté,
Que vous n'ayez beaucoup de generosité:
Ce Caualier qui vient me poursuit, il m'importe
D'éuiter son abord, ie croy qu'à vostre porte
Ie rencontre à propos vn lieu de seureté,
Où ie ne craindray point son importunité.

HELENE.

A vostre seul abord, sans voir vostre visage,
Ie vous accorderois encore dauantage.
Approchez-vous, Madame, & ne redoutez rien.

SCENE III.

DOM IVAN, LEONOR, HELENE, BEATRIS.

DOM IVAN.

EN vain vous vous cachez, ie vous reconnois bien,
Pourquoy me fuyez-vous, ingrate Leonore?
Ah! c'est trop maltraiter celuy qui vous adore,
Et qui pourtant est prest de se mettre à genoux
S'il a pû vous déplaire en courant apres vous.

LEONOR.

Ouy, Seigneur Dom Iuan, c'est moy, ie le cõfesse;
Quel plaisir prenez-vous à me fâcher sans cesse?
Pensez-vous emporter par obstination
Ce qu'on ne peut gagner que par affection?
Mon humeur, dites-vous, est vne chose étrange,
Quand Dieu vous auroit fait aussi parfait qu'vn Ange,
Quand il vous auroit fait vn objet plein d'appas,
Auecque tout cela vous ne me plairiez pas.
De cette auersion vous demandez la cause,
C'est vous seul qui pouuez en sçauoir quelque chose,
Puis que cette cause est, ainsi que ie le croy,
Et selon l'apparence, en vous plûtost qu'en moy.
Pour donner de l'amour, le secret est de plaire,
Vous ne me plaisez pas, que pensez-vous dõc faire?

Vous m'offrez vostre cœur en échange du mien,
Pourquoy chãger mõ cœur, si ie m'en trouue biẽ,
Et quãd ie voudrois bien le chãger pour vn autre,
Estes-vous asseuré que ie prisse le vostre ? (aussi?
Parce que vous m'aymez, vous dois-je aymer
Est-ce bien raisonner que de conclurre ainsi ?
Vous m'aymez, dites-vous, car ie suis bien ayma-
Si vous ne m'estes pas en cela comparable, (ble.
Si vous n'estes aymable autant que ie le suis,
C'est me demander trop, & plus que ie ne puis,
Et c'est sur ce sujet tout ce que ie puis dire.

HELENE.

Ie ne voy pas pour vous grande matiere à rire :
Mais bien à composer de pitoyables Vers
Contre la dureté de ce sexe peruers,
Contre les cruautez de ces méchantes femmes,
Qu'on deuroit assommer à grands coups d'Epi-
grammes.

DOM IVAN.

Ah ! Madame, c'est trop auoir de cruauté,
Railler vn malheureux, c'est vne lâcheté;
Mais de ce procedé, quoy qu'il soit bien étrange,
Si vous me procurez vn regard de mon Ange,
Ie vous promets ; Madame, & ie vous le tiendray,
Que cõme d'vn bien-fait, ie m'en ressouuiendray.

LEONOR.

Et mon Dieu, Dom Iuan, lors que vous m'au-
rez veuë,
Quel plaisir pensez-vous receuoir de ma veuë?
Ie vous regarderay comme vn persecuteur.

DOM IVAN.

Est-ce persecuter que de donner son cœur?

LEONOR.

Entendray-je toûjours dire la mesme chose ?

HELENE.

Encore que ie sois suspecte en cette cause,
Sçachez, mon Caualier, qu'aymer sans agréement
C'est dépenser son bien tres-inütilement,
C'est n'estre pas trop bien auec sa destinée,
Et dés ce monde icy viure en ame damnée.
Ce qui de vous estant de prés consideré,
Laissez Madame en paix, & me sçachez bon gré
De vous auoir donné cét aduis salutaire.

DOM IVAN.

Ie veux suiure vn aduis au vostre tout contraire,
Et que ie plaise, ou non, seruir iusqu'à la mort
Cette ingrate beauté, de qui dépend mon sort,
Le temps pourra changer son humeur de tygresse.

LEONOR.

N'esperez rien du temps qu'vne triste vieillesse,
La cheute des cheueux, & la perte des dents,
Et parce qu'auec vous ie passe mal le temps,
Et que Madame en est sans doute importunée,
Allez pester plus loin contre la destinée.

DOM IVAN.

Madame, j'attendray plûtost jusqu'à demain,
Que ie n'aye l'honneur de vous donner la main
Iusqu'à vostre demeure.

LEONOR.

Et moy, pour m'en défendre,
I'espere vous lasser en vous faisant attendre.

HELENE.

Vous voulez donc, Monsieur, assieger ma maison?

DOM IVAN.

Vous estes contre moy, Madame?

HELENE.

Auec raison.

Vit-on jamais vser de telle violence?
Si quelqu'vn m'auoit fait vne pareille offence...
Mais ie voy Dom Diegue, il vient tout à propos.

LEONOR *tout bas.*

Ha, Beatris! c'est luy qui trouble mon repos.

HELENE.

Vous ne voulez donc pas laisser en paix Madame?

DOM IVAN.

Vous voulez donc qu'vn corps s'éloigne de son (ame?

HELENE.

Ie ne puis plus souffrir tant d'inciuilité.
Dom Diegue, de grace, ayez la charité
De vouloir deliurer vne Dame assiegée,
A quoy ie suis aussi par honneur engagée.

SCENE IV.

D. DIEGVE, HELENE, D. IVAN, LEONOR, BEATRIS.

DOM DIEGVE.

ET, Madame, qui donc vous fait la guerre ainsi?

HELENE.

C'est Monsieur.

DOM DIEGVE.

Dom Iuan, puis-je croire cecy?

HELENE.

I'estois dessus ma porte, vne Dame inconnuë
Auecque sa Suiuante à la hâte est venuë

Se sauuer prés de moy pour éuiter l'abord
De Monsieur que voilà, qui la couroit bien fort.
Il l'ayme, à ce qu'il dit, elle ne l'ayme gueres,
Elle luy vient de dire en paroles bien claires:
Luy, sans se rebuter de sa seuerité,
La veut accompagner contre sa volonté.
Son importunité m'a semblé bien étrange;
Et c'est peu respecter ce qu'il nomme son Ange;
Ie l'ay voulu prier, ie n'ay rien obtenu,
C'est où nous en estions, quand vous estes venu.

DOM DIEGVE.

Ah! Seigneur Dom Iuan, nous deuons tout aux (Dames,
Les hommes ne sont nés que pour seruir aux fem- (mes.

DOM IVAN.

Ce que vous dites-là, qui le sçait mieux que moy?
Mais lors que j'ay pensé faire ce que ie doy,
Luy presenter la main pour la mener chez elle,
Elle m'a refusé, l'ingrate, la cruelle,
Elle a fait l'inconnuë, & m'a caché ses yeux,
Apres deux ans entiers que ie brûlay pour eux.
A la fin la fureur suiura la patience.

DOM DIEGVE.

Pretendez-vous vous faire aymer par violence?
L'amour se doit gagner, & ne se peut rauir;
Si vous le trouuez bon, ie m'offre à vous seruir.
Demain si vous voulez ie luy rendray visite.

DOM IVAN.

Ie suis au desespoir.

DOM DIEGVE.

Vn homme de merite
Doit esperer toûjours.

DOM IVAN.

Ah! l'ingrate beauté
A trop peu de justice, & trop de cruauté;

I'ay iuré de la voir ; ie ne puis sans offence....

DOM DIEGVE.

Dom Iuan, en amour le vœu d'obeïssance
Va deuant tous sermens. Allons.

DOM IVAN.

Ie le veux bien:
Vous promettez beaucoup, mais ie n'espere rien.

SCENE V.

HELENE, LEONOR, BEATRIS.

HELENE.

IL s'en va bien fâché, le pauure miserable;
Vous ne me tiendrez pas vne rigueur semblable,
Ie verray ces beaux yeux qui luy font tent de mal,
Et vostre amant s'en va deuenir mon riual.

LEONOR.

Me montrer, ce n'est pas le moyen de vous plaire;
Mais vous obeïssant, ie ne sçaurois mal faire.

HELENE.

Ha! vrayment ie l'excuse au lieu de le blâmer,
Il ne vous a pû voir, & s'empescher d'aymer:
Ou trouuez le moyen de vous rendre inuisible,
Ou laissez-vous aymer.

LEONOR.

Madame, est-il possible,
Lors que vous me raillez assez visiblement,
Que vous gaigniez pourtãt mon cœur absolumẽt?

Vous m'auez fait, Madame, vn plaisir dont j'espere
Me reuancher bien-tost; & Monsieur vôtre frere,
En éloignant de moy cét Empereur des Fous,
S'est acquis dessus moy ce qu'il peut dessus vous.

HELENE.

Dom Diegue est de soy si fort considerable,
Que si j'auois pour frere vn Caualier semblable,
Quand cela m'osteroit la plusparr de mon bien,
I'y gagnerois beaucoup.

LEONOR.

Il ne vous est donc rien?

HELENE.

Non, mais il tâche assez de m'estre quelque chose.

LEONOR.

Sa qualité peut-estre inégale est la cause
Qu'il aura de la peine à paruenir si haut.

HELENE.

Dans sa condition il est bien sans defaut,
On n'en sçauroit non plus trouuer en sa personne;
Mais ce n'est pas pour rien aujourd'huy qu'on se donne.
Dom Diegue est fort pauure, estant ce que ie suis,
Ie veux viure en la Cour, sans bien ie ne le puis:
Mon bien est mediocre, & j'ayme la dépence.

LEONOR *tout bas.*

Ma crainte, & mes soupçons font place à l'esperance.

HELENE.

Que dites-vous?

LEONOR.

Ie dis qu'en épousant vn gueux,
Quelque bien que l'on ait, d'vn pauure on en fait deux.

HELENE.

D. Diegue est aymable, & son nom est Mendoce,
Mais cela ne fait pas bien rouler vn carosse.
Vn oncle, à ce qu'il dit, Gouuerneur au Peru,
Luy garde bien du bien ; mais il n'est pas venu;
Ie n'ayme pas le bien qui n'est qu'en esperance,
Ie l'amuse pourtant de quelque complaisance,
Qui ne me coûte guere, & ne m'engage à rien :
N'en ay-je pas sujet?

LEONOR.

Ha ! que vous faites bien,
Et que l'on void souuent de filles abusées,
Pour n'estre pas ainsi que vous bien auisées!
Mais le plaisir que j'ay de vous entretenir,
Dont ie veux conseruer toûjours le souuenir,
Et que ie doy sans doute à ma bonne fortune,
M'empesche de songer que ie vous importune,
Ie prens congé de vous.

HELENE.

Faites-moy donc sçauoir
Le nom de la Beauté que j'ay l'honneur de voir,
Et dont la connoissance est pour me rendre vaine.
Ie vous veux aller voir.

LEONOR.

Ie n'en vaux pas la peine,
Pour vous obeïr donc, mon surnom est Gusman,
Mon nom est Leonor, & ie loge à Saint Iean.

HELENE.

Et moy, pour vous le rendre en la mesme mōnoye,
Helene de Torrez.

LEONOR

Ce m'est beaucoup de joye
De connoistre vne Dame en qui la qualité
Aussi bien que l'esprit égale la beauté;

Ie reuiendray bien-tost chez vous vous rendre
De vostre bon secours. (grace

HELENE.

Deuant que le iour passe
Ie vous visiteray. Paquette!

SCENE VI.

PAQVETTE, HELENE.

PAQVETTE.

Qvi va là?

HELENE.

Maraude, osez-vous bien me répondre cela?
Dom Diegue a-t'il leu ma lettre?

PAQVETTE,

Ouy, Madame.

HELENE.

Et que vous a-t'il dit?

PAQVETTE.

Il vous nomme son Ame,
Son Ange, son Soleil, son Inclination,
Et cent autres beaux mots d'édification, (dre,
Qui m'ont bien fait pleurer, car ie suis vn peu ten-
Sans doute ie serois personne aisée à prendre;
Et qui me parleroit d'vne mourante voix,
Auroit mon cœur, mon ame, & plus si ie l'auois.
Quãd ie voy D. Diegue auprés de vous en larmes,
Vous dire cent beaux mots qui sont autant de
charmes,

Et que ie considere aussi d'autre costé
Helene de Torrez, dont il est écouté,
Qui ne s'en émeut point, au lieu de satisfaire
Aux obligations....

HELENE.

Ie vous feray bien taire,
Cette coquine-là se mesle de prescher:
Allez dire à quelqu'vn qu'on cherche le cocher.

Fin du premier Acte.

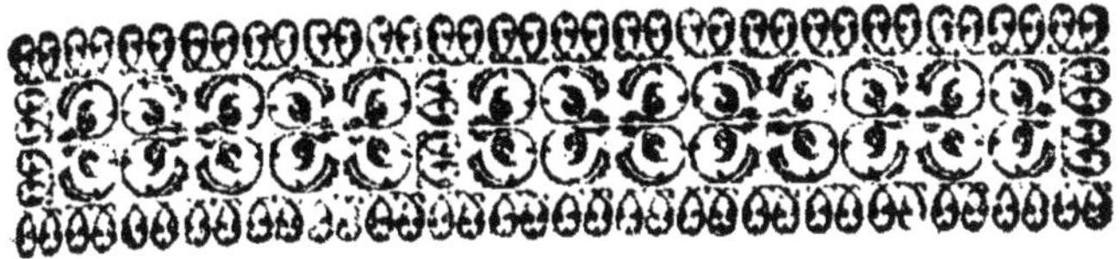

ACTE II.

SCENE PREMIERE.

DOM DIEGVE, ROQVESPINE.

DOM DIEGVE.

HA ! ie n'ay jamais veu d'homme plus obſtiné,
En ſon logis pourtant enfin ie l'ay mené,
Il reuenoit toûjours à la Dame inconnuë,
Qu'il auoit rencontrée au milieu de la ruë,
Et n'auoit pas voulu luy montrer ſes beaux yeux,
Qu'il appelloit ſes Roys, ſes Soleils, & ſes Dieux.
Il a fait cens ſermens qui ne ſont pas vulgaires,
Il a pris le bon Dieu de toutes les manieres,
Diſant que la beauté, qui le mépriſe tant,
Deuoit conſiderer vn homme ſi conſtant.
Il m'a fait le recit de toutes ſes proüeſſes,
Et le dénombrement de toutes ſes Maiſtreſſes;
Et cela pour monter, y joignant les combats,
A cent contes pour rire, & tout cela fort bas.
Quoy que nous fuſſions ſeuls, il m'a fait voir en
Deux diſcours ſur l'Etat, du tō de Bellerose, (proſe
M'a recité des Vers, enfin il a tant fait,
Que de ſon ſot eſprit aſſez mal ſatisfait,

Et pour dire le vray de sa personne entiere,
Ie l'ay laissé pestant contre la Dame fiere
Que ie dois visiter pour luy dire qu'elle a
Grand tort de le traitter de cet façon-là.
Et de plus il m'a fait, bon-gré, mal-gré, promettre
De joindre à ma visite vne efficace lettre,
Pour rendre cét esprit de Tygre vn peu plus doux.

ROQVESPINE.

Vous deuriez bien plustost, Monsieur, songer à vous,
Et sans vous tourmenter pour le repos d'vn autre,
Trauailler tout de bon pour établir le vostre.
Helene de Torrez vous mene par le bec,
Met vostre cœur en cendre, & vostre bourse à sec;
Lors que vous luy parlez de conclure l'affaire,
La mattoise qu'elle est adroitement differe,
Et jure son grand Dieu, vous faisant les yeux doux,
Que si vous l'aimez bien, elle est folle de vous;
Mais que plusieurs raisons qu'elle ne peut apprendre,
Malgré tout son amour, la font encore attendre;
Et moy qui vois bien clair, Monsieur, ie vous apprend
Que le bien de vostre oncle est tout ce qu'elle attend:
Non, que vous déplaisiez à cette Dame chiche;
Mais elle ayme le bien, & vous n'estes pas riche.

DOM DIEGVE.

Ie seray riche vn iour quand mon oncle mourra.
Mon Dieu, quand mourra-t'il?

ROQVESPINE.

Le plus tard qu'il pourra;
Mais ie veux qu'il soit mort, vous sçauez qu'vn naufrage
Peut vous faire décheoir de cét ample heritage;

Et la Flotte qui vient que l'Hollandois attend,
Et que le plus souuent vous sçauez bien qu'il prẽd;
Si Dieu veut qu'elle prenne Amsterdam pour Seuille,
Vous passerez fort mal le temps en cette ville;
Et ie veux qu'on me pende en cas que cela soit,
Si chez elle jamais l'ingrate vous reçoit.
Toute la subsistance est, peu s'en faut, tarie,
Vous sollicitez mal vostre Commanderie:
Tres-inutilement vous tirez, comme on dit,
De la poudre aux moineaux, & donnez à credit
Vostre temps, dont iamais on ne vous tiendra compte,
Vous en creuez de rire, & moy j'en meurs de honte.

DOM DIEGVE.

Es-tu mon Pedagogue, ou bien mon Gouuerneur?

ROQVESPINE.

Ie suis vostre Escuyer; de plus, homme d'honneur.

SCENE II.

FILIPIN, DOM DIEGVE, ROQVESPINE.

FILIPIN *entre en chantant.*

QVe la Tour de Vailladolid tombe sur toy,
Qu'elle tombe, & te tuë, que m'importe à (moy?
Giribi, &c.

DOM DIEGVE.

Ho, ho, c'est Filipin, hé bien quelles nouuelles?

FILIPIN.

Desquelles voulez-vous? dites-le-moy, desquelles?
Car j'en ay pour pleurer, & pour ne pleurer pas,
I'apporte de l'argent, & j'annonce vn trépas.

DOM DIEGVE.

Dis-nous donc ce que c'est?

FILIPIN.

Ie veux qu'on le deuine,
Ou ie ne diray rien.

DOM DIEGVE.

Ce laquais a la mine
De se faire vn peu battre.

FILIPIN.

Et deuant que parler,
Ie veux sçauoir où peut ma recompense aller;
Et si ie veux de plus outre ma recompense,
Que vostre Seigneurie augmente ma dépense.

DOM DIEGVE.

Hé bien, cela vaut fait; dis donc succintement.

FILIPIN.

Ce n'est pas là mon compte, il faut absolument
Que ie parle beaucoup, ou bien que ie me taise.

DOM DIEGVE.

Parle ton saoul.

FILIPIN.

De plus, ie demande vne chaise.

DOM DIEGVE.

Prens-en vne.

FILIPIN.

Et de plus, quand j'auray commencé,
Si quelqu'vn m'interrompt, ie veux estre offensé,
Et qu'on ait là-dessus à me bien satisfaire.

DOM DIEGVE.

Et qui t'interrompra?

FILI-

FILIPIN.

Ce vieil gobe-clystere,
Cét Escuyer que Dieu confonde, & qui se rit
De tout ce que ie dis, & fait du bon esprit.

DOM DIEGVE.

Ie te répons de tout, commence donc.

FILIPIN.

A d'autres,
Vous transgressez déja les conditions nostres.
Ne vous ay-je pas dit, & vous le sçauez bien,
Que vous deuinassiez, & vous n'en faites rien?

DOM DIEGVE.

Et si ie deuinois qu'aurois-tu plus à dire?
Sçais-tu bien, gros faquin, que ie suis las de rire,
Et si tu fais le sot, qu'à grands coups de baston....

FILIPIN.

Ho, ho, ie vous croyois aussi doux qu'vn mouton,
Et que diable vous sert d'auoir leu la Morale?
Vous vous fâchez pour rien, & vous deuenez pâle,
Et bien n'en parlons plus, ie parle, écoutez-moy.

DOM DIEGVE.

Ie ne t'écoute point, ie le sçauray sans toy.

FILIPIN.

Vous ne m'écoutez point? De grace à la pareille,
Mõsieur, accordez-moy l'hõneur de vostre oreille.

DOM DIEGVE.

Ie veux faire à mon tour quelques conditions.

FILIPIN.

Faites, ie passe tout, hors les contusions:
Qui diable vous a dit que c'estoit-là mon tendre?
Ie ne veux point parler, alors qu'on veut m'entendre;
Quand on ne le veut plus, j'enrage de parler:
Et maintenant, Monsieur, ie ne le puis celer,

Si vous me défendez de dire mes nouuelles,
Vous perdez le Phœnix des seruiteurs fidelles;
Les discours retenus me pourront suffoquer,
Et d'vne mort si sotte on se pourra mocquer.

DOM DIEGVE.

N'y retourne donc plus, parle, ie te fais grace.

FILIPIN.

Voulez-vous vn discours auec vne preface,
Et tous les ornemens que j'y pourray donner?

DOM DIEGVE.

Depesche en peu de mots, & sans tant badiner.

FILIPIN.

Certes il est bien vray que jamais la fortune...

DOM DIEGVE.

Ce beau commencement dés l'abord m'importune.

FILIPIN.

Ie vay changer de style; outre la pension,
Monsieur, ie vous apporte vne succession.

DOM DIEGVE.

Mon cher oncle est donc mort?

FILIPIN.

Et pour longues années.
Que de femmes par tout vous vont estre données!
Le franc homme d'honneur que vous auez perdu,
Le grand bien qu'il vous laisse à Seuille rendu,
En est bon témoignage, ô la belle monnoye!
Que de gros patacons son Commis vous enuoye,
En argent monnoyé, diamants & lingots,
Cent mille beaux écus, trente jeunes magots,
Autant de Perroquets, de Cachou plein deux quaisses;
Bref, trois Vaisseaux chargez de toutes les richesses

Que possedoit vostre oncle. Helas, encore vn coup,
En feignant tant de bien, que vous perdez beau- (coup!
Mais si vous cõmandiez qu'on me donnât à boire;
Pour m'ôter, si l'on peut, sa mort de ma memoire,
Tandis que vous lirez ce que l'on vous écrit,
I'irois me délasser, & le corps, & l'esprit.
I'ay bien peur de trouuer tout froid dãs la cuisine.

DOM DIEGVE.

Va le faire manger; & reuien, Roquespine.

ROQVESPINE.

Le voila qui reuient.

FILIPIN.

Monsieur, sortant d'icy,
Vne Dame voilée & sa seruante aussi,
Qui ne m'a pas paru non plus qu'elle pourrie,
Attend pour vous parler en cette Gallerie.

DOM DIEGVE.

Dis-luy qu'elle entre.

FILIPIN.

Entrez, Madame, au nez caché,
Dom Diegue est tout seul, & n'est pas empesché.

SCENE III.

LEONOR, BEATRIS voilées, D. DIEGVE, FILIPIN.

LEONOR.

C'Est comme ie le veux.

DOM DIEGVE.

Elle a fort bonne mine,

FILIPIN.

La putain de seruante a guigné Roquespine.

LEONOR.

Monsieur, pour vn sujet que vous allez sçauoir,
Faites sortir vos gens.

DOM DIEGVE.

Vous vous ferez donc voir:

LEONOR.

Vous n'en serez pas mieux lors que vous m'aurez veuë.

FILIPIN.

La Dame qui se cache, est ou vieille ou barbuë.

DOM DIEGVE.

Pour estre ainsi, Madame a trop bonne façon,
Mais alors qu'on se cache on donne du soupçon.

FILIPIN.

Et vous, qui paroissez estre la Damoiselle
De cette Damoiselle, ou vous n'estes pas belle,
Ou j'ose bien gager que vous ne valez rien,
Puis que vous vous cachez aux yeux des gens de bien.

BEATRIS.

Et vous plaisant, ou Fou de Mõsieur vôtre Maistre,
Mulletier ou Laquais, car tout cela peut estre,
Ie gage bien plûtost que vous ne valez rien,
Puis que vous tourmentez ainsi les gens de bien.

FILIPIN.

Il n'a pas mal parlé, ce visage de crespe!
O beauté, qui m'auez piqué comme vne guespe!
Daignez me receuoir pour vostre humble freslon,
Quoy que laquais, ie suis fauory d'Apollon.

LEONOR.

Sortons, sortons d'icy, Dom Diegue & sa suite
Deuoient mieux receuoir ma premiere visite.

DOM DIEGVE.

Ha ! Madame, arrestez, Dom Diegue fera
(N'en doutez nullement) tout ce qu'il vous plaira.

LEONOR.

Commandez donc, Monsieur, encore vn coup qu'ils sortent,
Et vous sçaurez de moy choses qui vous importent.

FILIPIN.

Adieu, belle inconnuë !

BEATRIS.

Adieu, vilain connu.

FILIPIN.

Adieu, vieille suiuante.

BEATRIS.

Adieu, laquais chenu.

SCENE IV.

LEONOR, DOM DIEGVE.

LEONOR.

Sans employer le temps en discours inutiles,
Et sans vous accabler de paroles ciuiles,
De la part d'vne Dame à qui vous estes cher,
Je suis icy venuë exprés pour vous chercher,
Et pour sçauoir de vous si vous estes à prendre,
Ou si vous estes pris, veüillez donc me l'apprendre.
Cette Dame a dessein de vous bien marier,
En cas que vous soyez vn homme à vous lier;

Elle sçait vostre nom, connoist vostre merite,
Et c'est pour cela seul que ie vous rends visite.

DOM DIEGVE.

Ie ne vous diray rien si vous ne promettez
De leuer vostre voile, & montrer vos beautez.

LEONOR.

Sil ne tient qu'à cela, vous verrez mon visage,
Encor qu'à le cacher j'aye vn grand aduantage.
Dites-moy cependant si vous aymez ou non?

DOM DIEGVE.

Volontiers.

LEONOR.

Vous aymez?

DOM DIEGVE.

Ouy, j'ayme.

LEONOR.

Tout de bon?

DOM DIEGVE.

Tout ce qu'on peut aymer.

LEONOR.

Et vous aymez?

DOM DIEGVE. Helene.

LEONOR.

Helene de Torrez.

DOM DIEGVE.

C'est elle qui m'enchaine.

LEONOR.

Et qui se meurt d'amour pour vous?

DOM DIEGVE.

Qui m'ayme bien.

LEONOR.

Vous le croyez?

DOM DIEGVE.

Sans doute.

LEONOR.

Et moy ie n'en croy rien.

DOM DIEGVE.

Vous ne le croyez pas?

LEONOR.

Ie le sçay de sa bouche,
Que le bien de vostre oncle, & non pas vous, la touche,
Et que s'il vous manquoit cette succession,
Vous n'auriez jamais part en son affection.

DOM DIEGVE.

Femme, qui n'estes pas sans doute son amie,
Qui tâchez d'ébranler ma fortune affermie,
En venant m'aduertir que l'on ne m'ayme pas,
Sçachez que vous perdez vostre temps & vos pas.
Helene de Torrez m'ayme, ie le veux croire,
Plûtost que les auis d'vne Donzelle noire,
Dont peut-estre l'esprit que l'on ne sçauroit voir,
A son voile est pareil, c'est à dire bien noir.

LEONOR.

Ne jugez plus de moy par ma noire figure,
Mon visage n'est pas de si mauuais augure.
Regardez-moy, Monsieur, s'il vous reste des yeux,
Pour d'autres que pour ceux dont vous faites des Dieux.

DOM DIEGVE.

O qu'il est difficile, apres vous auoir veuë,
De se garder des maux qui suiuent vostre veuë!
Et si j'auois encore vn cœur à saccager,
Madame, qu'auec vous ie serois en danger!
Mais, Madame, il me vient, vous ayant regardée,
De vostre beau visage vne confuse idée,
Il faut bien qu'autrefois il m'ait esté connu.

LEONOR.

Encore est-ce beaucoup de s'estre souuenu
D'vn visage commun & fait comme le nostre,
Tandis qu'absolument possedé par vn autre,
On ne vit que pour elle, & l'on songe fort peu
A voir par charité ceux qu'on sauue du feu;
Car de ciuilité l'on n'en espere aucune
De qui méprise tout, fors sa bonne fortune.

DOM DIEGVE.

Ouy, Madame, il est vray : contre vous j'ay peché,
Vous me l'auez chez moy justement reproché,
En ne vous voyant point, j'en ay fait penitence,
Et j'en ay tout de bon beaucoup de repentance.

LEONOR.

En ne me voyant point vous n'auez point souffert;
Ce que l'on n'ayme point sans regret on le pert.
Si vous auez de moy la memoire perduë,
Puis qu'à nostre merite elle n'estoit point deuë,
Me dire qu'en cela vous auez bien peché,
C'est rire à mes dépens, & mesme à bon marché.
Vous adorez des yeux qui vous gardent des nostres:
Mais, Seigneur Dom Diegue, ouurez vn peu les vostres,
Ne faites pas de moy ce mauuais jugement,
De croire qu'à dessein de tromper seulement,
Ie vienne icy chez vous, vous auertir qu'Helene
Amuse vostre amour d'vne esperance vaine:
D'elle-mesme ie sçay que son affection
Suit seulement l'espoir d'vne succession,
Que la succession ou tardiue ou manquée,
Rendra de tout vos soins l'esperance mocquée.
Et que ce dessein seul fait qu'elle vous reçoit;
Ne doutez nullement que tout cela ne soit.

A moy-mesme tantost elle a fait confidence
De cette trahison qu'elle nomme prudence,
Ie suis la Dame mesme à qui ce Dom Iuan,
Plus funeste pour moy que n'est vn chat-huan,
A causé le bon-heur de se voir dégagée
Par vous, lors qu'il m'auoit chez Helene assiegée.
Vous m'obligeâtes moins en me sauuant du feu;
Peut-estre cét aduis vous importune vn peu.
Ne vous en prenez point à moy qui vous le dõne,
Ie ne fais qu'obeïr à certaine personne,
Dame de grand merite, & qui vous ayme assez
Pour souhaiter ailleurs vos feux recompensez.
Sans vostre engagement vous auriez auec elle
Ce que vous n'aurez point auec vostre infidelle,
Elle a six mille écus de rente: en qualité
Elle surpasse Helene, & peut-estre en beauté:
Ne considere en vous que vostre seul merite;
Et là-dessus, Monsieur, ie finis ma visite.

DOM DIEGVE.

Et ne sçauray-ie point sa demeure & son nom?

LEONOR.

Sans le bien meriter, ie pense bien que non.

DOM DIEGVE.

I'iray chez vous l'apprendre.

LEONOR

Et que diroit Helene?
Non non, n'y venez pas, ie n'en vaux pas la peine.

SCENE V.

D. DIEGVE, ROQVESPINE, FILIPIN.

DOM DIEGVE.

ROquespine, laquais, quelqu'vn venez à moy,
L'auanture est plaisante, & rare sur ma foy,
Sçauez-vous ce qu'a fait cette Dame voilée?

ROQVESPINE.

Non, ie sçay seulement qu'elle s'en est allée.

DOM DIEGVE.

Elle a fait des efforts pour me persuader
Qu'Helene me trahit, que ie m'en dois garder,
Et que si ie veux rompre auec cette infidelle,
Vne autre se presente, & plus riche, & plus belle.

ROQVESPINE.

Il n'est rien de plus vray, ie l'ay sçeu depuis peu.

DOM DIEGVE.

C'est elle qu'vne fois ie garantis du feu.

ROQVESPINE.

La peste, qu'elle est belle!

FILIPIN.

Et jeune.

ROQVESPINE.

Et de plus, riche.

FILIPIN.

C'est dommage qu'vn champ si beau demeure en (friche.

DOM DIEGVE.

Elle parloit pour elle, ou ie me trompe fort.

FILIPIN.

Et prenez-la moy donc, ou vous auez grand tort,
Prenez-la-moy, vous dis-je, & me laissez la peine
De découurir au vray l'intention d'Helene.

DOM DIEGVE.

Et comment ferois-tu?

FILIPIN.

Feignez tout attristé,
Que vostre Oncle vous a tout net desherité;
Que ma mere est sa sœur, mariée en Galice,
Et que par mon bonheur, ou par mon artifice,
Luy faisant cent rapports que vous ne valez rien,
Le bon homme en mourant m'a laissé tout son bien.
Vous sçauez qu'à la Cour on ne me cõnoist guere,
Que ie parle vn langage étonnant le vulgaire;
Et qu'ayant autresfois appris quelque Latin,
Ie sçay, quoy que laquais, dire, sort, & destin;
Parler Phœbus, écrire en vers ainsi qu'en prose,
Appliquer bien ou mal vne Metamorphose,
Si malgré mon langage & mine de Pedant
Vostre Helene reçoit le nouueau pretendant,
Pour l'espoir des grãds biens dont il fera fanfare,
Plantez pour reuerdir cette Maistresse auare,
Prenez-moy bien & beau Madame Leonor,
Et ce sera changer vostre argent faux en or.

DOM DIEGVE.

Bien, ie veux essayer auec ton stratagême
De sçauoir s'il est vray que c'est mon bien qu'on aime.

FILIPIN.

Il faut battre le fer cependant qu'il est chaud,
L'Heritier Ridicule agira comme il faut.

Fin du second Acte.

ACTE III.

SCENE PREMIERE.

HELENE, DOM DIEGVE.

HELENE.

MOn Dieu ! ne jurez point, ou veritable, ou feinte,
Vne noire tristesse en vostre face est peinte.

DOM DIEGVE.

Estant auprés de vous, pourrois-je m'attrister?

HELENE.

Contre la verité voulez-vous contester?
Mais ne sçaurois-je point le sujet qui vous fâche?

DOM DIEGVE.

Ce qu'on ne peut celer il faut bien qu'on le sçache.

HELENE.

La flotte a-t'elle fait naufrage?

DOM DIEGVE.

Elle est au port
Heureusement conduite, & si mon Oncle est mort.

HELENE.

Qu'est-ce donc qui vous met en peine?

DOM DIEGVE.

En cette Lettre
Vous verrez vn malheur capable de m'y mettre.

LETTRE.

MONSIEVR, &c.

Vostre Oncle Dom Pelage a cassé en mourant le Testament qu'il auoit fait en vostre faueur, & a fait vostre Cousin Dom Pedro de Buffalos son heritier vniuersel. Il ne vous laisse que trois cens Ducats de rente durant vostre vie ; I'ay fait ce que i'ay pû pour vous seruir, ie n'ay pû rien obtenir du vieillard, auprés de qui on vous a rendu sans doute de tres-mauuais offices : i'en suis au desespoir, & suis,

MONSIEVR,

Vostre tres-humble, & tres-obeïssant seruiteur,
GEORGE RINALDI.

HELENE.

Vous auez grand sujet de n'estre pas content,
Et trop de cœur aussi pour vous affliger tant ;
Vne ame genereuse, & qui n'est pas commune,
Est au dessus des biens que donne la fortune.

DOM DIEGVE.

Pourueu qu'Helene m'ayme, & me veüille du bien,
Les malheurs les plus grands me touchent moins que rien ;

Sa main mise en la mienne, ainsi que ie l'espere,
Car il n'est plus saison que sa bonté differe
De m'accorder bientost ce sensible bonheur,
Dont le retardement blesseroit mon honneur :
Sa main, dis-je, donnée, & la mienne receuë,
Feront qu'en ses desseins la fortune deceuë
Me laissera joüir de ce bonheur parfait,
Sans me plus tourmenter, comme elle a toûjours fait.
Ne differez donc plus ce bien incomparable,
Faites vn homme heureux d'vn homme miserable :
Acheuez ma fortune, en public dés demain,
Et receuant mon cœur, dõnez-moy vostre main.

HELENE.

Vous pressez vn peu trop ce qu'on peut toûjours faire.
Vouloir estre mon Maistre, est-ce vouloir me plaire?
Vous m'aymez, Dom Diegue, au moins ce dites-(vous,
I'ayme bien D. Diegue, & crains fort vn épous,
Vous n'auez point de bien, j'ayme fort la dépense,
Iugez pas ce discours de tout ce que ie pense.

DOM DIEGVE.

Vous refusez vn bien si long-temps attendu?

HELENE.

Osez-vous vous en plaindre, & vous estoit-il dû?

DOM DIEGVE.

O que vous cachiez bien vostre ame interessée!

HELENE.

O qu'en vous épousant ie serois insensée!

DOM DIEGVE.

Ie ne le pouuois croire alors qu'on me l'apprit,
Que vous aymiez le bien.

HELENE.

C'est auoir de l'esprit.

DOM DIEGVE.

Vous en auez beaucoup, mais bien plus d'auarice.
O que mon beau cousin, frais venu de Galice
Seroit bien vostre fait tout mal bâty qu'il est!

HELENE.

Vous pensez vous railler; s'il est riche, il me (plaist.

DOM DIEGVE.

Et ne craignez-vous point de passer pour infame?

HELENE.

Non, mais ie crains bien fort de me voir vostre (femme.

DOM DIEGVE.

Ie me verrois vanger par vous-mesme de vous,
Si mon sot de Cousin deuenoit vostre épous.

HELENE.

S'il n'est pas comme vous accablé de misere,
Et non pas comme vous d'vne ame peu sincere,
Ie ne le cele point, ie l'aymeray bien mieux
Qu'vn inciuil, vn braue, vn pauure, vn glorieux.

SCENE II.

PAQVETTE, DOM DIEGVE, HELENE.

PAQVETTE.

MAdame, vn Caualier, ou qui paroist de l'estre,
Suiuy d'vn Escuyer bien mieux fait que son Mai- (stre,

Demande à vous parler, i'ay retenu son nom :
Pedro de Buffalos, il se donne du Dom,
Ie croirois pourtant bien en voyant sa personne,
Que ce Dom a besoin que quelqu'autre luy donne.

DOM DIEGVE.

C'est mon Cousin luy-mesme.

HELENE.

Hé bien, ie le veux voir;
Qu'on le fasse monter, ie le veux receuoir,
Pour vous faire dépit, en homme de merite.

DOM DIEGVE.

Dieu veüille que l'amour succede à la visite !

HELENE.

O l'étrange figure !

SCENE III.

FILIPIN, DOM PEDRO DE BVFFALOS, CARMAGNOLLE, DOM DIEGVE, HELENE, PAQVETTE.

FILIPIN, *ou* DOM PEDRO DE BVFFALOS.

HA, pardon bel objet !
Ie pensois bien encor faire vn plus long trajet :
I'ay trauersé déja deux salles & deux chambres.
Ce logis, Dieu me sauue, a quantité de membres,

Que dites-vous de moy, d'oser sans parasol
Visiter vn Soleil? c'est vn acte de fol,
Mais dans l'occasion ie vay teste premiere :
Quitte pour me saulcer vn peu dans la riuiere
En quittant vos beaux yeux qui sont miroirs ardens;
Hola, ie suis tout seul, Carmagnolle, mes gens.
Carmagnolle!

CARMAGNOLLE.

Monsieur.

FILIPIN, ou DOM PEDRO DE BVFFALOS.

Tien-moy bien, ie palpite,
O dangereuse veuë! ô fatale visite!
Cousin où prens-tu donc l'aquiline valeur,
Qui fait que sans ciller, sans changer de couleur,
Sans baisser seulement à demy la paupiere,
Tu la guignes en Aigle, vne iournée entiere?
Helas! ie ne la voy que depuis vn moment,
Et ie me sens déja tout ie ne sçay comment :
Mais elle ne dit mot, me semble, cette belle,
I'ayme les gens d'esprit, dy, Cousin, en a-t'elle?

DOM DIEGVE.

Et du plus raffiné.

FILIPIN, ou DOM PEDRE.

Ie luy rendray des soins.

HELENE.

Si ie ne vous dis mot, ie n'en pense pas moins.

FILIPIN, ou DOM PEDRE.

Ie ne prens pas aussi plaisir qu'on m'interrompe;
Vous m'aymez, n'est-ce pas?

DOM DIEGVE.

Ouy, si ie ne me trompe.

HELENE,

Qui ne vous aymeroit?

Bon, elle le prend bien.
Ha, petite ciuette ! Ha, chatte ! Ha, petit chien !
Petit chien, ce mot-là pour femme est ridicule :
Ha, pardon ! ie voulois vous nommer canicule ;
Mais vous auez bon sens, & vous sçauez fort bien
Qu'on nomme également femelle & mâle vn (chien.
Ha, vous m'assassinez de certaines œillades
Qui rauissent les gens en les faisant malades.
Vos yeux m'ont inspiré de certains sentimens
Qui sont fort opposez aux saincts cõmandemens.
Madame, fermez-les, fermez-les ces paupieres,
Ces assassins qui font enfler les cimetieres.
Mais ne les fermez point, brûlez, ie le veux bien,
Brûlez mon pauure cœur, ie n'y pretens plus rien :
Vous me gâtez l'esprit, ou la peste me tuë,
Et ma pauure raison de desirs combatuë,
M'oblige à vous parler en termes ambigus.
Ha, si j'auois cent yeux comme deffunt Argus,
Ou si j'estois aueugle ainsi que Tiresie,
Ou si vous auiez pris assez de maluoisie,
Et mangé tant de pain, que Ceres & Bacchus
Vous pûssent rendre enfin prenable par blocus,
Ou si ie sçauois bien ce que ie vous veux dire,
Ou si j'auois pourueu de m'empescher de rire,
Comme vous, que ie voy vos deux lévres manger,
Tant vous auez eu peur de me desobliger !
Mais riez, bel objet, riez si bon vous semble,
Et pour vous enhardir, rions, ma belle, ensemble,
Cà ie vay commencer, rions à l'vnisson :
Mon Dieu que vous riez de mauuaise façon !
Hi, hi, hi, hi, hi, hi, vous riez en guenuche,
Adorable beauté qui m'allez rendre cruche :

Ie dis vos veritez, c'est mon plus grand regret,
Si ie vous aymois moins, ie serois plus discret:
Mais vous venez encor, assassinante œillade,
Malgré mes beaux discours sur moy battre l'e-
strade!
Hé, tréve de matras, ils sont hors de saison,
Et parmy les Chrestiens c'est vne trahison.
Ie vous le maintiendray, merueille des merueil-
les! (les:
Tout à l'heure en champ clos auec armes pareil-
Mais vous deliberez, & tant deliberer
Sur vn semblable cas, c'est me desesperer. (uice?
Hé bien, ma belle, hé bien, suis-je en amour no-
C'est le stile d'amour dont on vse en Galice.
S'il n'est pas à la mode, il le faudra changer;
Pour vous ie feray tout, iusqu'à me fustiger.

HELENE.

Ie ne veux pas de vous vne si rude épreuue.

FILIPIN.

Si vous me promettiez de n'estre jamais veufue,
Quoy que j'aye vn regard de Caton le Censeur,
Nous autres Buffalos sçauons tous vn coup seur
Pour faire des enfans, & la generatiue
Dedans nous, fait la nique à la vegetatiue.
Estant generatif plus que vegetatif,
Il ne tiendra qu'à vous qu'vn nœud copulatif,
En langage moins fin que l'on nomme Hymenée,
Ne nous joigne tous deux, & dés cette journée.

HELENE. (point.

Connoissons-nous deuant, & ne nous pressons

FILIPIN.

Carmagnolle!

CARMAGNOLLE.

Monsieur.

FILIPIN.

Dégrafe mon pourpoint,
L'amour qui dans mon cœur chante ville gagnée,
Excite en mon jabot exhalaison ignée.

HELENE.

Vrayment, mon Caualier, ce terme de jabot
Est vn terme fort bas, & qui sent le sabot.

FILIPIN.

Vn homme comme moy peut le mettre en vsage:
Cousin, approuues-tu ce subit mariage?
Dy, puis-je mieux choisir? Peut-elle choisir mieux?

DOM DIEGVE.

Vous montrez en cela que vous auez bons yeux:
Ie prens congé de vous, Madame.

FILIPIN, *ou* DOM PEDRE.

Et ie demeure
Auprés de ce bel Ange.

DOM DIEGVE *tout bas à Carmagnolle.*

Elle est prise, ou ie meure.

FILIPIN, *ou* DOM PEDRE.

Carmagnolle!

CARMAGNOLLE.

Monsieur.

FILIPIN, *ou* DOM PEDRE.

Qu'on me donne vn fauteüil,
D'où ie puisse aisément faire la guerre à l'œil,
Sur ces tetons de lait, amoureuses collines;
Ces deux mondes jumeaux, ces boules assassines:
Carmagnolle!

CARMAGNOLLE.

Monsieur.

FILIPIN, *ou* DOM PEDRE.

Mon rabat est-il bien?

CARMAGNOLLE.

Il eſt bien.

FILIPIN, *ou* DOM PEDRE.

Et le reſte ?

CARMAGNOLLE.

Il ne vous manque rien.

FILIPIN, *ou* DOM PEDRE.

Carmagnolle !

CARMAGNOLLE.

Monſieur.

FILIPIN, *ou* DOM PEDRE.

I'en tien, i'en ay dans l'ame.
Carmagnolle !

CARMAGNOLLE.

Monſieur.

FILIPIN, *ou* DOM PEDRE.

Ne dis plus rien. Madame,
Que dites-vous de moy ?

HELENE.

Ie dis que vous valez
Tout ce qu'on peut valoir.

FILIPIN, *ou* DOM PEDRE.

Ha ! vous me cajollez,
Et moy ie dis de vous que déja j'extrauague;
Enfin que ma raiſon auprés de vous naufrague.

HELENE.

Ce terme eſt fort nouueau.

FILIPIN, *ou* DOM PEDRE.

Ie parle élegamment,
Et non pas mon Couſin, qui parle baſſement,
Ecoutez, écoutez, ie vay dire merueilles,
Vous rauiſſez mes yeux, défendez vos oreilles,
Si le ſtile eſt trop haut, ie l'accommoderay
A voſtre connoiſſance, & l'humaniſeray.

HELENE.

Vous me ferez plaisir, pourueu que ie l'entende.

FILIPIN, *ou* DOM PEDRE.

Moitié Zone Torride, & moitié Groenlande,
Qui Torride brûlez, Groenlande glacez,
Tréve de glace & feu, c'est assez, c'est assez.
De vos regards doublez les forces agissantes
Font sur mon pauure cœur impressiõs puissantes:
Mitigez-les, Madame, ou s'en faudra bien peu,
Si vous continüez, que ie ne crie au feu.
Me voila tantost cuit, quoy qu'aussi dur que ro-(che,
En donnant seulement encor vn tour de broche:
Et bien vous en riez?

HELENE.

Tout autant que ie puis.

FILIPIN, *ou* DOM PEDRE.

Ie diuertis toûjours les maisons où ie suis,
Cependant qu'en révant mon esprit se repose.
Carmagnolle!

CARMAGNOLLE.

Monsieur.

FILIPIN, *ou* DOM PEDRE.

Raconte quelque chose
A Madame, fais-luy quelques contes plaisans,
Tels que tu m'en faisois durant mes jeunes ans:
Tu me dis quelquesfois mille coyonneries
Qui font creuer de rire: & dans tes railleries
Tu reüssis assez; mais tréve du prochain,
Dis-luy que D. Diegue est pour mourir de faim.
Et qu'il a seulement pour sa mere, ma tante,
Pour ses sœurs & pour luy, trois cens Ducats de rente,
Qu'il ne peut disposer de ces trois cens Ducats,
Mais du seul vsufruit, ce qui n'est pas grand cas;

Qu'il a perdu ce bien pour mainte & mainte faute,
Qu'il penſoit tout auoir,& contoit ſans ſon hoſte,
Que pour auoir eſté par trop Venerien,
Ioüeur,filou,hargneux ; en vn mot,vn Vaut-rien.
Mon Oncle Dom Pelage,ayant appris ces choſes,
L'a fruſtré de ſon bien pour ces trop iuſtes cauſes,
Que ce qu'il m'a laiſſé vaut en argent contant
Trois cens mille Ducats.

CARMAGNOLLE.

Et les meubles autant.

HELENE.

Vrayment , mon Caualier , vous eſtes donc bien riche?

FILIPIN, *ou* DOM PEDRE.

Ouy , ma belle, & ſçachez ſi vous n'eſtes pas chiche,
De ce que ie ne veux receuoir que de vous,
Que tous mes biens ſeront en cõmun entre nous.

HELENE.

Refuſer vn bonheur alors qu'il ſe preſente,
C'eſt n'auoir point d'eſprit.

FILIPIN, *ou* DOM PEDRE.

Ce diſcours me contente,
I'ay de plus vn procez auſſi clair que le iour ,
Qui ſera terminé bientoſt en cette Cour,
Dont j'attens force bien , c'eſt vne bonne affaire;
Eſcoutez, & voyez ſi la choſe eſt bien claire.
Mon grand pere , l'honneur de tous les Buffalos,
Vendit certaine terre au Seigneur d'Aualos.
A quelque temps de là cette terre venduë
Deux cens deux mil écus, dont la ſomme eſtoit duë
A mon Oncle , de qui les enfans heritiers
S'oppoſans au decret ſeulement pour vn tiers,

Ma tante mariée auec vn Aquauiue,
Obtint contre l'arrest sentence infirmatiue:
Par retrait lignager forme opposition,
Et reprend tout le bien; mais par intrusion,
La chose n'estant pas encore homologuée,
Ie dis que la Coûtume est fort mal alleguée,
Et que j'y dois rentrer. I'ay sçeu d'vn Aduocat
Que le procez pourtant estoit fort delicat;
Mais j'ay de bons amis, & ie sçay la chicane.
Trouuez-vous cette affaire obscure ou diaphane?

HELENE.

Ie ne l'entens pas bien.

FILIPIN, *ou* DOM PEDRE.

En bonne verité
I'y trouue comme vous beaucoup d'obscurité,
Par mon Solliciteur ie vous la feray dire.
Carmagnolle!

CARMAGNOLLE.

Monsieur.

FILIPIN, *ou* DOM PEDRE.

Approche, sçais-tu lire?

CARMAGNOLLE.

Ouy, Monsieur.

FILIPIN, *ou* DOM PEDRE.

Tu sçais donc combien i'ay de magots?

CARMAGNOLLE.

Trente.

FILIPIN, *ou* DOM PEDRE.

Et de perroquets?

CARMAGNOLLE.

Autant.

FILIPIN, *ou* DOM PEDRE.

Et de lingots?

CARMA-

CARMAGNOLLE.

Ie n'en sçay pas le nombre.

FILIPIN, ou DOM PEDRE.

Et l'escarboucle fine?

CARMAGNOLLE.

C'est vn riche tresor, vne pierre diuine.

FILIPIN, ou DOM PEDRE.

Mon Oncle la trouua chez Attabalippa,
Elle estoit à Ganac, fils de Gainaccappa,
Qui se fit baptiser, & fut appellé George.
Foin, ces noms Indiens me font mal à la gorge.
I'ay de fort beaux rubis, dont ie fais fort grand cas.

CARMAGNOLLE.

Et deux cens diamans.

FILIPIN, ou DOM PEDRE.

Ie ne m'en souuiens pas.

CARMAGNOLLE.

Ny moy, de ces rubis.

FILIPIN, ou DOM PEDRE.

Ce chien de Carmagnolle
Se fâche bien souuent pour la moindre parole:
Mais ie vay receuoir quatorze mille écus.
Adieu beaux yeux brillans, dont les miens sont vaincus,
Ne vous ennuyez point, belle en charmes fertile,
Que nous aurons d'enfans si vous n'estes sterile!
En cas, cela s'entend, que ie sois vostre époux.

HELENE.

Cela pourra bien estre.

FILIPIN, ou DOM PEDRE.

Il ne tiendra qu'à vous.

PAQVETTE.

Quoy, vous voulez, Madame, apres vn D. Diegue,
Choisir vn Campagnard; & de plus, vn Gallegue?

HELENE.

Quand il est question d'établir mon repos,
M'iray-je embarasser d'vn gueux mal à propos?

PAQVETTE.

Vn mary jeune & beau, vaut bien la bonne chere:
Le plaisir vaut l'argent, i'ay oüy dire à ma mere,
Lors qu'à mes grandes sœurs elle faisoit leçon,
Qu'il faut choisir toûjours jeune chair, vieux poisson:
Dieu veüille auoir son ame, elle en sçauoit bien d'autres;
Ie me souuiens qu'vn iour disant ses patenostres,
Elle vint à parler du plaisir de la chair;
Où repentir, dit-on, suis toûjours le pecher.

HELENE.

Hé bien, que diras-tu? ne te veux-tu pas taire?

PAQVETTE.

Alors que i'ay raison, i'ay bien peine à le faire.
Madame, encore vn mot, puis apres ie me tais.

HELENE.

Dis-en trois si tu veux, & puis me laisse en paix.

PAQVETTE.

I'accepte le party; sçauez-vous bien, Madame,
Que ce nouueau galand sentoit l'ail, sur mon ame?

HELENE.

Opulent comme il est, moy n'ayant point de bien,
Il est bien mieux mon fait, que quelque bon à rien,
Ie l'auray dans six mois de bien fou, fait bien sage,
Et changeray bien-tost sa mine & son langage.

PAQVETTE.

Et moy dedans six mois ie luy ferois porter....

HELENE.

Si ie prens vn bâton, ie t'iray bien frotter.

Fin du troisiéme Acte.

ACTE IV.

SCENE PREMIERE.

DOM DIEGVE, LEONOR.

DOM DIEGVE.

LA chose s'est passée ainsi que ie le dy.

LEONOR.

Vrayment elle est plaisante, & le tour bien hardy.
Ie voudrois qu'autrement elle se fust passée,
Et ie sçay ce que peut vne femme offensée.

DOM DIEGVE.

Offensée ou contente, & moy ie sçay fort bien
Que n'estant plus qu'à vous, elle ne tient plus rien.

LEONOR.

Ie n'ay pas iusqu'icy grand sujet de le croire.

DOM DIEGVE.

Et moy i'en ay beaucoup de perdre la memoire
D'vne auare beauté qui se mocque de moy,
Et de vous consacrer mon amour & ma foy.

LEONOR.

Le temps découurira la verité des choses.

DOM DIEGVE.

Ie vous ayme, & la hais pour de trop iustes causes;

Pour auoir à chercher l'assistance du temps.
Si ie suis remarquable entre les plus constans
Pour les soins assidus d'vn immuable zele,
Que feray-je pour vous, ayant tant fait pour elle?
Que ne feray-je point, de vous fauorisé,
Si i'ay tant fait pour elle, en estant abusé?
Mes seruices rendus, dont maintenant i'ay honte,
Selon toute équité doiuent entrer en conte.
Chez l'ingrate j'ay fait mon approbation,
I'auray de vous le prix de mon affection:
Ne differez donc point.

BEATRIS.

Vostre Madame Helene
Demande à voir Madame.

DOM DIEGVE.

Et sa fiévre quartaine,
Et que vient-elle faire?

LEONOR.

Elle vient vous chercher.

DOM DIEGVE.

Ie ne le pense pas.

LEONOR.

Allez tost vous cacher
Dedans mon cabinet.

DOM DIEGVE.

Que ie la donne au diantre,
Et du bon de mon cœur.

LEONOR.

Cachez-vous donc, elle entre.

SCENE II.

HELENE, LEONOR, PAQVETTE.

HELENE.

VOus voyez comme quoy ie cultiue auec ſoin
L'honneur de vous connoiſtre.

LEONOR.

Il n'eſtoit pas beſoin
Pour ſi peu de ſujet de prendre tant de peine:
Mais les ciuilitez de la charmante Helene
Sont toutes dans l'excez, & c'eſt me reprocher
Que m'ayant obligée, il falloit rechercher
Dés aujourd'huy l'honneur de la voir la premiere:
Accordez vn pardon à mon humble priere,
Vous verrez par les ſoins que ie veux prendre expres,
Qu'il eſt bon de faillir, pour faire mieux apres;
Voſtre bonté pourtant en m'obligeant m'afflige.

HELENE.

Quād on vous fait plaiſir, ſoy-meſme l'on s'oblige,
Pour le peu que i'ay fait tant de remerciment
Me fait voir ma foibleſſe aſſez adroitement:
Mais ſi ie l'auois pû, j'aurois fait dauantage.

LEONOR.

L'interpretation ſenſiblement m'outrage,
Ie ne conteſte pas auec vous de l'eſprit:
La conuerſation de l'autre iour m'apprit

Cõbien vous en auez, & que iointe à vos charmes,
Personne contre vous n'a d'assez fortes armes.

BEATRIS.

Madame.

LEONOR, *elle parle à l'oreille.*

Approchez-vous ; est-il déja là bas?

BEATRIS.

Ouy, Madame.

LEONOR.

A l'instant ie reuiens sur mes pas,
Vous me pardonnez bien vne faute si grande,
C'est vn Oncle Tuteur qui là bas me demande.

HELENE.

Nous ne sommes icy que pour vous obeïr.

LEONOR.

Pour cét acte inciuil vous me deuiez haïr.
Mais vous excuserez, comme vous estes bonne,
Vne necessité.

HELENE.

L'excellente personne
Que cette Leonor!

PAQVETTE.

Chacun en dit du bien.

HELENE.

Sa chambre est magnifique.

PAQVETTE.

Elle n'épargne rien
Pour estre bien meublée.

HELENE.

Approche-toy, Paquette,
L'agreable tapis pour estre de moquette,
Ce cabinet est riche, & plein de bons tableaux.

PAQVETTE.

Ie ne sçay s'ils sont bons, mais ie les trouue beaux.

HELENE.

N'y vois-je pas quelqu'vn ? quel homme pourroit-ce estre ?

PAQVETTE.

C'est vn que vous deuez, me semble, bien connoistre.

HELENE.

Mendoce?

PAQVETTE.

C'est luy-mesme.

HELENE.

Ha, le traistre, c'est luy !
Qui l'auroit jamais dit ?

PAQVETTE.

En sortant aujourd'huy
Il paroissoit fâché : vous en sçauez la cause.

LEONOR.

Ie reuiens, mõ tuteur ne vouloit pas grand' chose:
Vous auez mal passé le temps.

HELENE.

Vous vous trompez,
Les sens ne sont icy que trop bien occupez;
Ce cabinet est plein de peintures fort belles,
Qui diuertissent bien.

LEONOR.

I'en ay de telles-quelles.

HELENE.

Sont-elles d'Italie ? & sont-ce originaux?
Vous auez vn portrait pourtant que ie tiens faux,
Qui fut long-temps à moy, mais ie m'en suis deffaite :
Cõment auez-vous fait cette mauuaise emplette ?

LEONOR.

Vous y connoissez-vous?

HELENE.

Ie m'y connois fort bien.

LEONOR.

Ne vous y trompez plus, vous n'y connoissez rien,
Le portrait est de prix,& vaut bien qu'on le garde,
Vne ame genereuse à la bonté regarde,
Ne fut-il que passable, estant sans interest,
Ie l'aymeray toûjours à cause qu'il me plaist:
Aymer pour le profit, c'est estre mercenaire.

HELENE.

Courir sur le marché d'vn autre, est-ce bien faire ?

LEONOR.

Courir apres l'argent, ce n'est pas faire mieux.

HELENE.

C'est auoir le goust bon.

LEONOR.

Et de fort mauuais yeux,
De mépriser la forme & choisir la matiere.

HELENE.

Vostre portrait en l'vn & l'autre ne vaut guere.

LEONOR.

Peut-estre en auez-vous tâté ; car autrement
Vous ne parleriez pas de luy si hardiment.

HELENE.

Ie ne tâte jamais d'vne chose mauuaise.

LEONOR.

Vous estes delicate, & moy ie suis bien aise
Aux dépens de mon goust de croire en tout honneur,
Qui dans la vertu seule établit le bonheur.

HELENE.

Vous estes bien parfaite.

LEONOR.

Et point du tout auare.

HELENE.

C'est trop voir pour vn coup vne Dame si rare.
Paquette, suiuez-moy.

LEONOR.

Ie vous visiteray.

HELENE.

Vous pouuez mieux passer le temps.

LEONOR.

Ie vous croiray.
Madame, encore vn mot.

HELENE.

Parlez viste, i'ay hâte.

LEONOR.

Vn portrait de Prouince en peu de temps se gâte,
La pluspart en sont faux : sans les bien éplucher,
N'en acquerez jamais.

HELENE.

Et vous sans le cacher
Ne retenez jamais ce qu'il faut que l'on sçache.

LEONOR

Vostre face est en feu, quelque chose vous fâche.

HELENE.

Ie rougis, mais de vous.

LEONOR.

De moy ? ie le veux bien;
Et moy ie ris de vous, pour ne vous deuoir rien.

BEATRIS.

Ha ! Madame, elle enrage.

LEONOR.

Et moy ie suis rauie,
Ie ne passay jamais mieux le temps de ma vie:
Mais Dom Diegue a tort, il se deuoit cacher.

BEATRIS.

L'auanture est pour rire, & non pour se fâcher.

LEONOR.

Dom Diegue!

DOM DIEGVE.

Madame.

BEATRIS.

Elle s'en est allée,
Madame l'a, me semble, assez mal consolée
De vous auoir perdu.

DOM DIEGVE.

Comment?

BEATRIS.

On vous a veu.

DOM DIEGVE.

Ha! Madame, pardon, surpris au dépourueu,
Si jamais ie le fus, sans songer à la porte,
I'ay gagné vostre Alcove.

LEONOR.

Il n'importe, il n'importe,
Ie m'en vay vous conter tout ce qu'elle m'a dit:
Mais ie n'ay rien voulu prendre d'elle à credit,
Ie l'ay bien-tost payée en la mesme monnoye.
O le facheux objet que le malheur m'enuoye!
Adieu, ie me retire.

Elle s'enfuit dans son Cabinet.

SCENE III.

DOM IVAN, DOM DIEGVE, LEONOR.

DOM IVAN.

HE', de grace, arreſtez;
I'ay donc toûjours pour moy des inciuilitez,
Et ie verray toûjours fauoriſer les autres?
Mais il m'importe peu, ie ne ſuis plus des voſtres,
Vous ne me verrez plus embraſſer vos genoux.

DOM DIEGVE.

I'eſtois icy venu pour luy parler de vous:
Mais i'ay perdu ma peine, elle eſt toûjours la meſme,
Et pour vous ſa rigueur, ie l'auouë, eſt extréme.

DOM IVAN.

Il m'eſt indifferent qu'elle ſoit douce ou non,
I'en veux tout oublier, & ſi ie puis, le nom:
Et c'eſt-là le ſujet qui chez elle m'amene.
I'ay deſſein de ſeruir cette Madame Helene,
Que vous connoiſſez tant, & qui la retira
Chez elle, quand l'ingrate enfin me declara
Qu'elle ne m'aymoit point, depuis cette iournée
I'ay reſolu d'aymer quelque Dame bien née,
Et qui reconnoiſtra la conſtance & la foy
D'vn homme de merite, enfin fait comme moy.

6

e t
D
n
ve

vou
Dou
D
ma
eſt
nol
O

tol
voy

gr
que
el
E
enc
uo
es
mo
ac
faç
vn

licu
cul

ux,

Ie ne le fis jamais, vous perdez vostre peine,
Il laissera la vie, ou bien l'amour d'Helene.

DOM DIEGVE.

D. Iuan, croyez-moy, le cas est bien douteux.
Faites plus sagement, attendez le boiteux :
Sur le moindre incident on rompt vn mariage.

DOM IVAN.

Et durant ce temps-là, que fera mon courage?

DOM DIEGVE.

Ie vous en auertis, mon cousin se bat bien.

DOM IVAN.

Et moy, me bats-je mal?

DOM DIEGVE.

Vous n'y gagnerez rien.

DOM IVAN.

Y gagner de l'honneur auec vne Maistresse,
N'est-ce pas bien gagner? adieu, le temps me presse,
Ie m'en vais de ce pas m'asseurer de mes gens.

DOM DIEGVE.

Ie t'étrilleray bien tantost, malgré tes dents.

Leonor sort de son Cabinet.

Auez-vous entendu ce qu'il m'est venu dire?

LEONOR.

Ouy, j'ay tout entendu.

DOM DIEGVE.

Ie croy que le bon Sire
Auoit pris de son vin : il me fâcheroit fort,
Comme il sera tantost sans doute le plus fort,
S'il battoit mon laquais : j'y donneray bon ordre,
Et j'empescheray bien ce gros matin de mordre.
Il les fera beau voir, mon valet est poltron,
L'autre ne l'est pas moins, pour estre fanfaron.

Bon, voila Roquespine, il vient à la bonne heure,
Va querir vne épée, & choisis la meilleure,
Prend ma jaque de maille, & ma rondelle aussi,
Et reuiens vistement me retrouuer icy.

ROQVESPINE.

Suis-je de la partie?

DOM DIEGVE.

Et pourquoy non? apporte
Ce qu'il faut pour nous battre, & de la bonne sorte.

ROQVESPINE.

Vous me verrez icy dans vn petit moment.

LEONOR.

M'aymez-vous, Dom Diegue?

DOM DIEGVE.

Ouy, tres-asseurément.

LEONOR.

Ne vous parjurez point : ie croy bien le contraire.
Puis que vous m'aimez bien, comment pouuez-vous faire
De semblables desseins, encore deuant moy?

DOM DIEGVE.

Ie fay voir mon amour, faisant ce que ie doy,
C'est vous meriter peu que d'estre sans courage.

LEONOR.

O l'étrange discours à quoy l'amour m'engage!
Ie rougis; ha! mon Dieu, ne me regardez point:
I'aime bien Dom Diegue, & ie l'aime à tel point,
Que pour le conseruer, ie ne veux plus rien dire,
Ie n'en ay que trop dit : adieu, ie me retire.

DOM DIEGVE.

Ha! Madame, acheuez le discours commencé:
Il estoit obligeant, mais vous l'auez laissé.
Puis qu'en si peu de temps vous changez ma fortune,
C'est apres auoir plû; signe, que j'importune.

Ie ne le cele point, de tel mal combatu
Mon cœur deſeſperé manquera de vertu.
Ie redoute bien moins vne ame de Tygreſſe,
Que l'inégalité d'vne belle Maiſtreſſe.
De ce charmant diſcours, qui vous a détourné?
Il promettoit beaucoup, mais il n'a rien donné.

LEONOR.

S'il a promis beaucoup, ie tiendray ſa promeſſe,
Si j'auois moins d'amour, j'aurois moins de foibleſſe:
Puis que voſtre courage étonne mon amour,
Ne ſe haſarder point, c'eſt bien faire ſa cour.

DOM DIEGVE.

Si ce grand Fanfaron par malheur alloit battre
Mon laquais, il faudroit l'aſſommer ou combattre;
Ie haſarde bien moins, empeſchant ſon deſſein.

LEONOR.

On ne conſerue pas vn jugement bien ſain,
Quand on a de l'amour; mais ſouuent le courage
L'emporte deſſus luy, ſans eſtre le plus ſage.

DOM DIEGVE.

Ie crain trop de mourir, puis que ie vous ſuis cher:
Si ie fais jamais rien qui vous puiſſe fâcher,
Ne me ſouffrez jamais: mais voicy Roqueſpine.

LEONOR.

Ha! tout cet attirail de guerre m'aſſaſſine;
Ce que vous m'auez dit, ne me peut r'aſſeurer.
Adieu, cruel, adieu, ie me vay retirer.

DOM DIEGVE.

Madame, encore vn mot.

LEONOR.

Non, méchant, ie vous laiſſe:
Ie ne ſçaurois vous voir ſans mourir de triſteſſe.

Elle s'en va.

SCENE IV.

D. DIEGVE, ROQVESPINE.

DOM DIEGVE. *Ils s'arment en marchant.*

QVelle heure est-il?

ROQVESPINE.

Il est bien tard.

DOM DIEGVE.

Depeschons-nous,
Que j'auray de plaisir à voir battre ces fous!

ROQVESPINE.

Ie sçay fort bien que l'vn n'est pas homme à se battre.

DOM DIEGVE.

L'autre ne se fait pas non plus tenir à quatre.

ROQVESPINE.

Ie voy venir quelqu'vn.

DOM DIEGVE.

Tout beau, c'est D. Iuan,

Dom Iuan se cache.

Où diable ira nicher ce braue chat-huan,
Et comment est-il seul?

ROQVESPINE.

C'est qu'il ne veut rien faire
Au salut de son corps qui puisse estre contraire,
Il ne veut estre icy que paisible Auditeur.

DOM DIEGVE.

Il paroissoit tantost l'Ange exterminateur.

Ils se cachent.

Chut, j'entens la musique, entrons en cette porte:
Filipin s'est armé d'vne plaisante sorte.

SCENE V.

FILIPIN, *ou* DOM PEDRE, D. DIEGVE, ROQVESPINE, D. IVAN, LES MVSICIENS.

FILIPIN, *ou* DOM PEDRE.

Posons aupres de nous rondache & morion,
Afin de les trouuer en toute occasion:
Nous commençons trop tost, l'heure est, me semble, induë:
I'ay peur que la musique estant trop entenduë,
Il ne tombe sur nous quelque défluxion,
Ou se fasse sur nous quelque profusion.
Ie me sens dedans moy quelque esprit prophetique,
Qui m'effraye & me dit, Malheur sur ta musique!
Les gens de ce quartier ne sont pas endormis,
Et tu pourrois trouuer icy des ennemis:
Mais au nom de Dieu soit, commençons.

DOM DIEGVE.

Roquespine,
Ils s'en vont bien crier, au meurtre, on m'assassine!
Va chercher Filipin, quand ils auront finy.
Ie vais à Dom Iuan rendre le teint terny,
Et peut-estre donner à son dos platassades,

ROQVESPINE.
I'en pretens faire autant aux donne-serenades.
FILIPIN.
Commençons. DOM DIEGVE.
Taisons-nous, ils s'en vont commencer.

SERENADE.

Beauté qui m'assassinez,
Et dont l'œil dessus mon cœur s'acharne,
Ta lucarne
Me deuroit montrer ton nez;
Helas! ie suis pour luy,
Iour & nuit dans l'ennuy.
Belle aurore,
Ie t'adore,
Ie t'honore,
Exhibe-toy,
Ou bien c'est fait de moy.
Pour détourner ce méchef,
Montre-toy, venerable Comete,
En cornette,
Ou bien prend ton couure-chef;
Si ton temporiser
Me fait agoniser,
Ie trépigne,
Ie rechigne,
Ie t'échigne,
Et dés demain
Tu sentiras ma main.
Foy de parfait quinola,
Nostre main n'est pas si temeraire,
Que de faire
A ton nez,
Cét affront-là.

Non, non, ie m'en dédis,
Ie suis ton Amadis,
Ma levrette,
Ma ciuette,
Ma friquette,
Soit douce ou non,
Ie trouueray tout bon.

FILIPIN, ou DOM PEDRE.

Estes-vous là, charmante étoille poussiniere,
Plus fraische mille fois que la fleur matiniere?
Estes-vous en cornette, ou bien escoffion?
Auez vous entendu vostre braue Amphion.

D. Diegue va charger Dom Iuan, & se retire en son poste.

DOM IVAN.

Ie ne puis plus souffrir.

DOM DIEGVE.

Demeure, ou ie t'assomme.

Roquespine va charger Filipin, & se retire en son poste.

FILIPIN, ou DOM PEDRE.

Helas! j'entens du bruit, & si ie vois vn homme.

ROQVESPINE.

Rens l'épée.

FILIPIN, ou DOM PEDRE.

Et le casque, & la rondelle aussi.
Mes compagnons sont prests d'en vser tout ainsi:
Mais il s'enfuit, courage, il me le faut poursuiure,
Pour faire le vaillant.

DOM IVAN.

Le bon Dieu me deliure
D'vn dangereux pendart; mais, helas! le voila.

FILIPIN, ou DOM PEDRE.

Ha! c'est de moy qu'il parle, alors qu'il s'en alla.

Ie deuois ne bouger, comme vn homme bien sage.
Si j'estois confessé...

DOM IVAN.

I'ay trop crû mon courage.

DOM DIEGVE.

Les voila dos à dos, ils ne se feront rien.

ROQVESPINE.

Pour faire vn homicide ils sont trop gens de bien.

FILIPIN, *ou* DOM PEDRE.

Helas, ie suis gâté!

DOM IVAN.

Malheureuse embuscade!

FILIPIN, *ou* DOM PEDRE.

Si jamais à putain ie donne serenade...

L'épée de D. Iuan se choque auec celle de D. Pedre.

DOM IVAN.

Ie demande la vie.

FILIPIN, *ou* DOM PEDRE.

Et moy certes aussi.
L'amy, fay rien, fay rien.

DOM DIEGVE.

Caualiers, qu'est-ce-cy,
Vous vous entr'assommez!

FILIPIN, *ou* DOM PEDRE.

Helas! tout au contraire,
Nous nous entre-sauuons.

DOM DIEGVE.

Vous ne pouuez mieux faire.

FILIPIN, *ou* DOM PEDRE.

Mon cousin, est-ce vous?

DOM DIEGVE.

Moy-mesme.

FILIPIN, *ou* DOM PEDRE.

Vn assassin
A bien pensé gâter vostre braue Cousin ;
Mais certes la valeur qui toûjours m'accompagne,
A pied comme à cheual iour & nuit en campagne,
Comme dedans la ruë, a fait doubler le pas
A ce larron d'honneur que ie ne connois pas :
Ha, si ie puis voir clair en cette action noire...

DOM IVAN.

Ie vay vous reueler le secret de l'histoire.
Certain Duc est l'autheur de ce noir attentat,
Pour certaines raisons, & d'amour & d'Estat.
Ce bon Duc, qui n'a pas l'ame des plus guerrieres,
Qui me craint, & me hait, & que ie n'ayme gueres,
Comme ie m'amusois apres certain concert,
A pensé pour le coup que j'estois pris sans vert.
Il s'est jetté sur moy, suiuy de trois ou quatre;
Mais ie n'ay pas laissé toutesfois de les battre,
A l'ayde de Monsieur, & sans estre blessé :
Et c'est de la façon que le tout s'est passé.

FILIPIN, *ou* DOM PEDRE.

Et c'est de la façon que l'on ment par la gorge.

DOM DIEGVE.

C'est estre aussi vaillant, que le Cid, que saint George.

Il prend à part Dom Diegue.

DOM IVAN.

Vous estes mon amy, ie suis homme d'honneur;
Ie vous auois parlé tantost auec chaleur :
Mais j'ay songé depuis que la plus douce voye
Est toûjours la meilleure, & c'est auecque joye
Que renonçant pour vous à mon ressentiment,
Suiuant vostre conseil, j'agiray doucement.

Mais vous deuez aussi tenir vostre promesse,
Et voir sans y manquer dés demain ma maistresse.
Vous sçauez mon merite, & vous sçauez mon bien,
Et comme en l'épousant, mon bonheur est le sien,
Que tout le monde m'ayme, on me craint, on m'estime;
Et qu'estant Espagnol, ie suis fils legitime
De cette valeur rare, & de tant de vertus
Dont toûjours les Heros ont esté reuestus.
Ie vous en dirois plus : mais vous sçauez le reste,
Et que tout mon deffaut est d'étre trop modeste:
Adieu, ie vay chercher encore à dégainer,
Car ie n'ay fait, me semble, icy que badiner,
Et si ie n'ay fourny matiere à funeraille,
Tant que dure la nuit, ie ne dors rien qui vaille.

Il s'en va.

FILIPIN, *ou* DOM PEDRE.

Et moy si l'on pouuoit ne point funerailler,
Ie ne ferois, ma foy, jamais que batailler;
Mais parce que le combat engendre funeraille,
Alors que ie combats, ie ne fais rien qui vaille.

DOM DIEGVE.

Fera-t'il ce qu'il dit?

ROQVESPINE.

Il ne le fera point,
Le Sire a trop grand soin du moule du pourpoint.

DOM DIEGVE.

O! que j'estois tenté par quelque estafilade
Deuenir son orgueil, & sa fanfaronnade.

FILIPIN, *ou* DOM PEDRE.

C'est le plus grand poltron qui...

DOM DIEGVE.

L'est-il plus que toy?

FILIPIN, *ou* DOM PEDRE.

Plus que moy mille fois.

DOM DIEGVE.

Sans iurer, ie le croy.

Or ça, parlons vn peu de nostre Dame Helene.

FILIPIN, *ou* DOM PEDRE.

Nous épousons demain.

DOM DIEGVE.

Demain?

FILIPIN, *ou* DOM PEDRE.

Chose certaine,

Nous auons dés tantost ordonné des habits,

Des esclaues; carosse.

DOM DIEGVE.

Ha! ce que tu me dis

Ne peut s'imaginer.

FILIPIN, *ou* DOM PEDRE.

Vous le pouuez bien croire.

DOM DIEGVE.

Allons, chemin faisant, tu m'apprendras l'histoire.

Fin du quatriéme Acte.

ACTE V.

SCENE PREMIERE.

FILIPIN, *ou* DOM PEDRE, PAQVETTE.

FILIPIN.

OV diable est donc Madame?

PAQVETTE.

Elle viendra bien-tost.

FILIPIN.

Ma Paquette!

PAQVETTE.

Monsieur.

FILIPIN.

Le diray-je tout haut?

PAQVETTE.

Puis que nous sommes seuls, vous le pouuez bien dire.

FILIPIN.

Ma Paquette, sçais-tu que j'ayme bien à rire?
Ta maistresse me rend l'esprit tout serieux.
Pour te dire le vray, ie t'aymerois bien mieux.

PAQVETTE.

Vous vous pēsez mocquer parmy des Damoiselles,
Telles que ie puis estre, on en voit d'aussi belles
Que

Que ces Dames de prix, en qui souuent, dit-on,
Blanc, perles, coques d'œuf, lard & pieds de mouton,
Baume, lait virginal, & cent mille autres drogues,
De testes sans cheueux aussi rases que gogues,
Font des miroirs d'amour, de qui les faux appas
Estallent des beautez qu'ils ne possedent pas.
On les peut appeller, visages de mocquette,
Vn tiers de leur personne est dessous la toillette:
L'autre dans les patins, le pire est dans le lit:
Ainsi le bien d'autruy tout seul les embellit.
Ce qu'ils peuuent tirer de leur propre Domaine,
C'est chair molle, gousset aigre, mauuaise haleine;
Et pour leurs beaux cheueux, si rauissans à voir,
Ils ont pris leur racine en vn autre terroir.
Ils sont le plus souuent des plantes transplantées,
Qu'on applique auec art sur testes edentées.

FILIPIN, *ou* DOM PEDRE.

Paquette, ma Paquette, où prens-tu tant d'esprit?
Aymes-tu quelque Autheur, lors que ton œil me prit
Ie te soupçonnois bien d'auoir l'esprit allerte;
Mais de l'auoir si bon, ha! c'est trop pour ma perte!
Ie veux rompre aujourd'huy bien plûtost que demain,
Aueeque ta Maistresse, & te donner la main.
Mais la voicy venir.

SCENE II.

HELENE, FILIPIN, PAQVETTE.

HELENE.

Ie vous ay fait attendre,
Vous me le pardonnez, j'auois visite à rendre
A certaine Duchesse, à qui ie dois beaucoup.

FILIPIN.

Ma belle Tramontane, hé bien, est-ce à ce coup,
Que l'hymen ayant joint Dom Pedre, & Dame Helene,
De leur congrez fecond viendra la digne graine?
Laquelle pullulant en ce puissant Estat,
Soûmettra tout le monde à nostre Potentat?

HELENE.

Puisque vostre vertu m'a tout à fait acquise,
Ma volonté doit estre à la vostre soûmise.

FILIPIN.

Ie n'ay presentement que dix mille Ducats,
Vn faquin de Facteur, dont j'ay fait quelque cas,
Et que pour sa paresse, il faut casser au gage,
Me fait de jour en jour attendre, dont j'enrage:
M'écrit, qu'à la monnoye on agit lentement,
A cause que l'on sert le Roy premierement,
Et que son Commissaire enleue de Seuille
Autant de patagons qu'on fait en cette ville.

HELENE.

Cette guerre de Flandre enleue tout l'argent.

FILIPIN.

Il me promet pourtant d'estre plus diligent,
Et d'enuoyer bien-tost vne notable somme.
Vous pouuez cependant rauir d'aise vn pauure
homme,
Qui ne vit depuis peu que d'expectation,
Comme les sots de Iuifs font apres leur Sion :
Helas! dans peu de jours, ie vay mourir par braise,
Au lieu qu'vn prompt Hymen me fera mourir
d'aise.
Quatre ou cinq mille écus en velours & tabis,
Suffiront, ce me semble, à faire des habits,
La carosse, le train, & tout nostre équipage,
Se feront à loisir apres le mariage,
Lors que j'auray receu la somme que j'atten,
Et quelques diamans : au reste ie preten
Que les couleurs seront, selon ma fantaisie,
Et que l'étoffe aussi sera de moy choisie.

HELENE.

Auecque vous, Monsieur, ie renonce à mon choix.

FILIPIN.

Vous aurez douze habits, c'est à dire vn par mois.
Que l'orengé pastel est couleur agreable!

HELENE.

On ne s'habille plus d'vne couleur semblable.

FILIPIN.

Et zinzolin, Madame?

HELENE.

Il n'est plus de saison.

FILIPIN.

I'ayme cette couleur qu'on dit, merde-d'oyson:
Elle réjouyt l'œil.

HELENE.

Ce n'est donc qu'en Galice?

FILIPIN.

Vne robe de peau, couleur de pain d'épice,
Qu'vn drap marbré bien chaud, doubleroit pour l'hyuer,
Auec trois passe-poils, jaune, minime, & vert,
Qui feroient ce qu'on dit, Pistache ou bien Pistagne,
Seroit le vétement le plus riche d'Espagne.

HELENE.

Enuoyez-moy l'argent, tout sera bien choisi.

FILIPIN.

On me fait vn pourpoint de velours cramoisi,
Dont les chausses seront de satin tristamie.

PAQVETTE.

Dom Diegue est là-bas.

FILIPIN.

La fortune ennemie
Assez mal à propos m'enuoye vn importun.

HELENE.

Ne le verrez-vous point?

FILIPIN.

Ce me seroit tout vn
S'il ne m'auoit point fait vne supercherie
Sous mon nom. Il m'excroque vne Commanderie,
Et retient mes papiers apres cét acte noir.
Vous me pardonnerez si ie ne le puis voir,
Il nous faudra sans doute enfin tirer la lame.

HELENE.

Entrez dans mon Alcove.

FILIPIN.

Et de bon cœur, mon ame!

Quand il sera sorty, faites-le moy sçauoir,
Coupez court auec luy.

HELENE.

I'y feray mon pouuoir.

SCENE III.

DOM DIEGVE, HELENE.

DOM DIEGVE.

MAdame, ce n'est pas l'amour qui me r'ameine:
Ie perdrois prés de vous, & mon temps & ma (peine.
Ie viens vous proposer vn homme pour époux,
Que vous confesserez estre digne de vous;
Dom Iuan Bracamont.

HELENE.

Brisons-là, ie vous prie.

DOM DIEGVE.

Depuis quand faites-vous si fort la rencherie?
Il est riche, Madame.

HELENE.

Estant de vostre main,
Il me seroit suspect.

DOM DIEGVE.

C'est mon cousin germain,
Qui regne en vostre cœur comme vn clou chasse l'autre.

HELENE.

C'est ce que vous voudrez.

DOM DIEGVE.

Il y va trop du vostre,
De prendre vn Campagnard tout opulent qu'il est.

HELENE.

Tant moins vous l'estimez, d'autant plus il me plaist.

DOM DIEGVE.

Vous l'aymez donc, Madame?

HELENE.

Et de plus, ie l'épouse.

DOM DIEGVE.

Que le Ciel me faisant d'vne humeur peu jalouse,
M'a fait vn riche don, quoy qu'il m'ait fait sans bien.

HELENE.

Aupres de Leonor il ne vous manque rien.

DOM DIEGVE.

Il est vray, mais pourtant, ie crains qu'elle n'aprenne
Que ie suis venu voir la nompareille Helene.

HELENE.

Le peril n'est pas grand pour vous,

DOM DIEGVE.

Il le seroit,
Si j'estois assez riche.

HELENE.

On vous enleueroit,
Si Dieu vous auoit fait ce que vous pensez estre.

DOM DIEGVE.

Il m'a fait trop de grace, en me faisant connoistre
Que pour vous estre cher, il faut n'étre pas gueux.

HELENE.

Vous diriez bien plus vray, si vous disiez, fâcheux.

DOM DIEGVE.

Ie me voy sur le point de l'estre dauantage.

HELENE.

Et comment ferez-vous?

DOM DIEGVE.

Rompant vn mariage.

HELENE.

Le mien?

DOM DIEGVE.

Le vostre mesme.

HELENE.

Et quelle authorité

Pretendez-vous sur moy?

DOM DIEGVE.

C'est par sincerité

Que ie veux empescher l'inégal Hymenée,
Qui joindroit à ce fat vne Dame bien née,
Dom Buffalos n'est pas tout ce que vous pensez;
Vous le croyez bien riche, il ne l'est pas assez.

HELENE.

Que vous auez en vain la teste embarassée!

DOM DIEGVE.

Pour vous perdre d'honneur vous estes bien pressée.

HELENE.

Ie pourrois aisément me passer de vos soins.

DOM DIEGVE.

Ie n'en aurois pas tant si ie vous aymois moins.

HELENE.

Et moy, pour vous mõtrer cõbien ie vous redoute,
Dans vne heure au plus tard, ie l'épouse.

DOM DIEGVE.

Sans doute?

HELENE.

Il n'est rien de plus seur, & ie fais plus encor,
Nous aurons pour témoins, & vous & Leonor,

Il m'est indifferent de quel sens on explique
Vne bonne action que ie rendray publique.

DOM DIEGVE.

Elle le sera trop ; mais pour la détourner
Ie sçauray malgré vous le remede donner.

HELENE.

Ioignez à Leonor toute la terre ensemble,
I'auray vostre Cousin.

DOM DIEGVE.

Dites, si bon me semble,
Ie vay chez Leonor, pour l'amener icy.

HELENE.

Vous enragerez bien tantost.

DOM DIEGVE.

Et vous aussi.

Il sort de l'Alcove.

FILIPIN, ou DOM PEDRE.

Ha ! le mauuais parent ! Madame, ie vous jure,
Si ie n'auois eu peur de vous faire vne injure,
Que j'aurois fait sur luy notable irruption :
Mais j'en retrouueray bien-tost l'occasion.
Au prix de moy, Madame, vn lyon n'est qu'vn aze,
Quand ie suis en colere, vne antiperistase
Me trouble le dedans, la consanguinité
Fait la guerre en mon ame à sa méchanceté.
Si ie mangeois son cœur ie mordrois en la grape,
Madame, tenez-moy, de peur que ie n'échape.
Ne me retenir point, c'est me faire enrager,
Que sçait-on ? ie feray bien mieux de ne bouger.
Si ie l'allois trouuer, & qu'il fist resistance,
Le malheureux mourroit sans nulle repentance,
Comme mes premiers coups ne sont pas jeux d'enfans,
Mais de ces orbes coups à tüer Elephans.

I'ay pourtant grand ſujet de me mettre en colere ;
C'eſt vne paſſion qui grandement m'altere.
Qu'on me preſſe en vn verre, vn, deux ou trois limons,
I'ayme la limonade, elle eſt bonne aux poulmons.
Ma chere ame!

HELENE.

Monſieur.

FILIPIN, *ou* DOM PEDRE.

Nous allons faire nopce.

PAQVETTE.

Dom Iuan Bracamont, Dom Diegue, Mendoce
Amenent auec eux Madame Leonor.

FILIPIN, *ou* DOM PEDRE.

N'ont-ils point amené quelques autres encor?

PAQVETTE.

Ie ne le penſe pas.

FILIPIN, *ou* DOM PEDRE.

Bien, que mon Couſin monte,
Copulatiuement ie m'en vais à ſa honte
Me joindre aux yeux de tous au treſor de beauté
Qu'il ne meritoit point, & que j'ay merité.
Paquette, approchez-vous, eſt-il preſt le Notaire?

PAQVETTE.

Ouy, Monſieur.

FILIPIN, *ou* DOM PEDRE.

Acheuons viſtement cette affaire,
Ie ſuis grand amateur de la concluſion,
Et naturellement j'appete l'vnion.

SCENE IV.

LEONOR, HELENE, DOM DIEGVE, D. IVAN, FILIPIN, PAQVETTE.

LEONOR

IE vien me conjoüyr auec la belle Helene.

HELENE.

Ignorant le ſujet qui chez moy vous amene,
Si c'eſt pour m'obliger, ou pour vous diuertir,
Ie ne ſçay pas comment ie vous dois repartir;
De quelle façon donc voulez vous que j'en vſe?

FILIPIN.

Qui rit à mes dépens, ie ſoûtien qu'il s'abuſe,
Quatre cens mille fois, quelque choſe de plus.

LEONOR.

Les éclairciſſemens ſont icy ſuperflus.
Nous ne venons icy qu'à deſſein de vous plaire,
Et de vous obliger.

FILIPIN, *ou* DOM PEDRE.

Vous ne pouuez mieux faire

HELENE.

Ie n'attendois pas moins de vous, mais pour Monſieur?

LEONOR.

Vous le connoiſſez mieux que moy, c'eſt vn rieur
Qui dit d'vne façon, & qui penſe de l'autre.

DOM DIEGVE.

Madame, vous ſçauez que ie fus toûjours voſtre,
Attribuez, de grace au ſenſible regret
De vous auoir perduë, vn diſcours indiſcret,
Dont ie viens à vos yeux me châtier moy-mesme,
En laiſſant voir aux miens rauir celle que j'ayme:
Car ce n'eſt rien qu'vn rapt que l'Hymeñ inégal
De vous, & d'vn laquais, qui panſe mon cheual.

FILIPIN, *ou* DOM PEDRE.

Ha! ne blaſphemons point.

HELENE.

Vous eſtes fou, Mendoce.

DOM DIEGVE.

Vous eſtes folle, Helene, auec voſtre nopce.

HELENE.

Dom Pedre, endurez-vous?

FILIPIN, *ou* DOM PEDRE.

Ie ſuis vn autre fou.
Qui le nie, a menty par ſa gorge, ou ſon cou.

HELENE.

Vous n'eſtes qu'vn laquais?

FILIPIN, *ou* DOM PEDRE.

Fort à voſtre ſeruice.

HELENE.

Quoy, me joüer ainſi?

DOM DIEGVE.

C'eſt vous faire juſtice.

HELENE.

Ha! qui me vangera, peut eſperer de moy
Ce que ie ne puis donner.

FILIPIN, *ou* DOM PEDRE.

Ce ne ſera pas moy.

HELENE *à Dom Diegue.*

Indigne de ton ordre, & du nom que tu portes,
Qui me viens outrager en tant, & tant de sortes,
Tu pretens te joüer auec impunité
D'vne femme d'honneur, & de ma qualité?

DOM DIEGVE.

Abboyez vostre sou, vous ne me pouuez mordre:
Vous vous estes causé vous mesme ce desordre,
Vous m'aüez abusé par vn déguisement.
Celuy de mon laquais entrepris justement,
Au lieu de vous fâcher, doit plûtost vous instruire
Qu'il ne faut pas choisir tout ce qu'on void reluire.
Sçachez-moy donc bon gré d'vn tour qui vous (aprend
Qu'à tout esprit qui fourbe, à la fin on le rend:
Vous m'auez amusé de vos belles paroles,
Vous ne consideriez en moy que les pistoles,
La pauureté pour moy vous donna du mépris.
Parce que tous les chats durant la nuit sont gris,
A nostre Filipin vous vous estes soûmise,
Vous m'auez pris pour dupe, vn laquais vous a prise,
Le tour estoit bien lâche, & ie vous l'ay rendu;
Mais gagner vn laquais, ce n'est pas tout perdu.

HELENE.

Ha! ie me vangeray d'vne piece si rude.

DOM DIEGVE.

La vangeance n'est pas l'action d'vne prude.

HELENE.

Ha! Seigneur D. Iuan, de grace, vangez-moy:
C'est le prix où ie mets mon amour, & ma foy.

DOM IVAN.

Qui moy, vous épouser? vous, vne interessée
Que Mendoce a seruie, & puis apres laissée,

Parce qu'elle l'aymoit seulement pour le bien,
Qu'vn laquais a seruë, & prise en moins de rien.
Puis pour son pis aller, qui m'a pris, moy la cresme : (ayme!
De la Cour de Madrid, moy que tout le monde
Madame, ie serois le plus sot des humains,
Ie ne veux point de vous, & vous baise les mains.

DOM DIEGVE.

Qui moy, vous épouser ? vous, vne interessée,
Chez qui le profit seul regne dans la pensée.
Qui m'auez preferé mon laquais trauesty,
Parce que vous croyiez prendre vn meilleur party ?
Ha ! ne vous flâtez plus d'vne fausse esperance,
Ie n'auray plus pour vous que de l'indifference.
Madame, ie serois le plus sot des humains,
Ie ne veux point de vous, & vous baise les mains.

FILIPIN.

Qui moy, vous épouser ? vous, vne interessée,
Que mon Maistre a seruie, & puis apres laissée;
Et qui me donneriez bien-tost du pied au cu,
Lors que vous me verriez estre sans quart-d'écu?
Nous autres Filipins auons trop de courage,
Guerissez vostre esprit, oubliez mon visage.
Madame, ie serois le plus sot des humains,
Ie ne veux point de vous, & vous baise les mains.

Elle est dans vne chaise, vn mouchoir deuant les yeux, qui pleure.

HELENE.

Ie ne manqueray pas de parens en Espagne.

LEONOR.

Que vous auois-je dit des Tableaux de campagne ?

Ne sçauois-je pas bien qu'ils estoient souuent faux?
Et ne connois-je pas mieux que vous les Ta-(bleaux?

HELENE.

Ha! c'est trop endurer, qu'on me meue en ma chambre.

FILIPIN.

Qui vous appliqueroit de l'or sur chaque mẽbre,
C'est vn grand lenitif, & que vous aymez fort.

DOM DIEGVE.

Taisez-vous, Filipin.

HELENE.

Ma vangeance ou ma mort
Me mettront en repos, deuant que le iour passe.

Elle s'en va.

DOM DIEGVE.

En attendant l'effet de si grande menace,
Madame, d'vn seul mot vous pouuez bien casser
Le rigoureux Arrest qu'on vient de prononcer.

LEONOR.

Si vostre droit est bon, ie vous feray justice,
Sur tout, n'vsez jamais enuers moy d'artifice:
Ne sollicitez point d'autres juges que moy,
Et ie me souuiendray de ce que ie vous doy.

DOM DIEGVE.

Mon sort dépend de vous.

LEONOR.

N'en soyez point en peine;
Mais nous incommodons vostre agreable Helene,
Allons dans mon logis, & là ie vous diray
Ce que ie croy de vous, & ce que i'en feray.

SCENE V.

BEATRIS, FILIPIN.

BEATRIS.

Filipin.

FILIPIN.

Beatris.

BEATRIS.

Mon tout.

FILIPIN.

Mon cœur.

BEATRIS.

Mon ame,

Si tu voulois....

FILIPIN.

Et quoy?

BEATRIS.

Prendre...

FILIPIN.

Parle.

BEATRIS.

Vne femme.

FILIPIN.

La prendre? à quel dessein?

BEATRIS.

Pour Espouse.

FILIPIN.

Ha! ma foy,

Le conſeil eſt fort bon, la connois-je?

BEATRIS.

C'eſt moy.

FILIPIN.

Vade, Vade, retro Satanas, qui me tente!
Mon front ne fut jamais vne Table d'attente;
Et ne portera point le myſterieux bois
Que perſonne ne voit, & qu'on croit toutes-fois.
Ie ne veux point auoir vn timbre de pecore,
Ie ne veux point de toy, redoutable Pandore!
Moy, te prendre, ha! vrayment, c'eſt moy qui ſerois pris,
Et pour qui me prens-tu, maudite Beatris?
Tu me crois auſſi ſot que Mendoce, mon Maiſtre:
Moy, j'aurois des enfans, & leur mere à repaiſtre:
Si ie ſuis ſans enfans on dira, c'eſt vn ſot,
Et ſi i'en fais enfin, ou quelqu'autre marmot,
I'auray neuf mois durant vne femme ventruë,
Ie l'entendray hurler comme vn pourceau qu'on tuë.
Quand elle mettra bas cét enfant tout moüillé,
Non ſans auoir long-temps en ſon ventre foüillé,
Vne ſotte dira, c'eſt le portrait du pere,
Vn autre, il a les yeux, & le nez de la mere:
Puis il faudra baiſer vn fils, qui ſentira
Le ventre de ſa mere, & ce ventre pûra.
Il me faudra ſouffrir vne ſotte nourrice,
Vn enfant qui toûjours, ou crie, ou tette, ou piſſe;
Me releuer la nuit, pour le faire bercer,
Et cela tous les ans, c'eſt à recommencer.

moir tous les matins à prier quelque peine
De me voir bien-tost veuf par vne mort soudaine.
Au lieu qu'ayant l'esprit content & satisfait,
Le front comme d'abord le bon Dieu me l'a fait:
Ie vay, ie viens, ie dors, ie ris, ie boy, ie mange,
Ie fais ce que ie veux, sans qu'on le trouue estrange;
La chose est arrestée, il n'y faut plus penser.
Si mes yeux t'ont fait mal, va te faire panser.

Il s'en veut aller, elle le retient.

BEATRIS.

Arreste, Filipin, que ie te desabuse,
Moy, t'épouser? crois-tu que ie sois assez buse
Pour mettre à mes costez vn pareil Damoiseau?
Voyez le beau mary, voyez le bel oyseau,
Moy, qui suis de galands iour & nuit recherchée,
De Bourgeois, Courtisans, Prelats, & gens d'épée,
Qui depuis quelques iours sans quelques ennemis,
Aurois eu pour époux vn opulent Commis;
Qui viens de refuser le Clerc ou Secretaire
D'vn riche President: gros vilain, va te faire
Cent fois plus honneste homme, & lors j'auiseray,
Par pitié seulement, si ie t'épouseray.
I'ay receu depuis peu deux gros poulets d'vn Comte,
Vn Duc me couche en jouë, & j'en fais peu de conte,
Vn ieune Abbé qui n'est ny Prestre ny demy,
S'offre de m'épouser ou d'estre mon amy:
Il me fit l'autre iour don d'vne porcelaine;
Et ie t'épouserois? c'est ta fiévre quartaine.

FILIPIN.

Arreste, Beatris ; elle s'en va, ma foy,
Ie deuois bien aussi faire du quant à moy;
M'a-t'elle ainsi quitté par dépit ou par ruse ?
Foin, j'enrage d'auoir tout ce qu'on me refuse !
Mon Dieu, que l'on est sot, alors que l'on est
beau :
Il faut que là-dessus ie luy fasse vn Rondeau.

FIN.

LETTRE DE MONSIEVR DE BALZAC A MONSIEVR COSTAR, sur les Oeuures de MR SCARRON.

ONSIEVR,

Le Liure que vous m'auez fait tenir de la part de Monsieur Scarron, est vn present qui m'est bien cher, & que i'ay sujet d'estimer bien fort. D'abord, il m'a seruy de remede, & m'a soulagé d'vne oppression de rate qui m'alloit étouffer, sans ce secours venu à propos. I'espere qu'il fera dauantage, si j'en vse plus souuent. Il se peut qu'il me guerira de mon chagrin serieux, & de ma triste Philosophie : Peut-estre que j'y apprendray à rimer des Requestes, & des Legendes, & que ie deuiendray gay par contagion: Voila sans mentir vn admirable malade : Il a ie ne sçay quoy de meilleur que la santé ; Ie parle de la santé stupide & materielle ; car vous sçauez ce que les Arabes disent de la joye, que c'est la fleur & l'esprit de la santé viue & remüante. Puis que vous voulez sçauoir les differentes pensées que j'ay euës de ce Malade, & que vous m'en demandez vn chapitre ; Ie dis, Monsieur, que c'est l'homme du monde le plus dissimulé ou le plus constant. Ie dis qu'il porte témoignage contre la mollesse du genre humain, ou que la douleur le traitte plus doucement qu'elle ne traitte les autres hommes. Ie dis qu'il y a de l'apparence que le Bourreau flate le Patient. Ie dis qu'à le voir rire comme il fait, au milieu du mal, i'ay quelque opinion que le mal ne le pique pas, mais que seulement il le chatoüille. Ie dis enfin, que le Prometée, l'Hercule, & le Philoclete des Fables, sans parler du Iob de la verité, disent bien de grandes choses dans la violence de leurs tourmens, mais qu'ils n'en disent point de plaisantes ; que i'ay bien veu en plusieurs lieux de l'antiquité, des douleurs constantes, des douleurs modestes, voire des douleurs sages, & des douleurs éloquentes ; mais que ie n'en ay point veu de joyeuses que cette-cy ; mais qu'il ne s'estoit point encore trouué d'esprit qui sçeust dancer la sarabande & les matassins dans vn corps paralitique. Vn si beau prodige merite d'estre consideré par les Philosophes curieux: l'Histoire ne le doit pas oublier ; & s'il me prenoit fantaisie d'estre Historien, comme ie suis Historiographe, ie ne les conterois pas pour le plus petit miracle de nostre temps, qui a produit de si grands miracles. Ce n'est point mon dessein de diminuër la gloire des morts, auec lesquels de mesme i'ay eu amitié : Mais il y a differens degrez de gloire, & quoy que la qualité d'Apostre ne soit pas vn tiltre peu considerable dans vne famille Chrestienne, il faut auoüer que le martyre du fils est quelque chose de plus rare que l'Apostolat du pere. Quels seroient là-dessus les sentimens de vostre Seneque, qui a pris autresfois tant de plaisir à traitter de semblables matieres, & qui en a cherché si souuent les occasions ? N'est-il pas vray que la fiere & orgueilleuse vertu, qu'il a tant loüée, & qui se vante d'estre à son aise dans le Taureau de Phalaris, & de pouuoir dire qu'il y fait bon, n'a esté que la simple figure de cette vertu si douce & si humble, qui sçait mettre en œuure les Paradoxes de l'autre, & ne se vante de rien ? Concluons donc à l'honneur du MALADE DE LA REYNE, ou qu'il y a de l'extase & de la possession en sa maladie, & que l'ame fait ses affaires à part, sans estre mélée dans la matiere ; ou qu'il y a de la fermeté & de la vigueur extraordinaire, & que l'ame lutte contre le corps, auec tout l'auantage que le plus fort a sur le plus foible.

Aut Cœleste aliquid, Costarde Astrisque propinquum,
Morbus hic est, superoque trahit de lumine lucem,
Aut seruant immota suum Bona vera serenum,
Statque super proprias virtus illæsa ruinas.
Post tot sæcla igitur tandem gens Stoïca, Regem
Cerne tuum ! Fasces tenero submittite vati
Sublimes tragicique Sophi, Zenonia proles ;

Nec pudeat decreta humili postponere socco
Grandia, & ampullas verborum & nomen honesti
Magnificum, ac veras audire in carmine voces.
Scarro æger, Scarro infando data prædæ dolori,
Non fatum crudele, Iouem non clamat iniquum;
Iratis parcit superis, sortique malignæ,
Et patitur sæuos inuicta mente dolores.
Iucundumque effert dira inter spicula vultum.
Nec simulata gerit personam indutus honestam,
Vel mista ridet, veluti Mezentius, ira,
Sed purum, sine fraude & laxis ridet habenis.
Dicunt iterum, neque sat semel est dixisse triumphos,
Qui læta, ingeniosa, ægro de pectore promit,
Qui ludit Deum, Enceladum, vastumque Tiphæa,
Terrigenasque alios, festino carmine, fratres;
Qui sedeat licet æternum, mirabile dictu,
Perpetuas agitat Pindi per amæna Choreas,
Proximus ille polo, Fortunaque altior omni,
Scarro meus, mihi namque tuum, Costarde, dedisti,
Magnus erit Rex ille sui, quem prisca coronet
Porticus, & rigidi vox imperiosa Cleanthæ,
Ni sæclo inuideat nostro rigidusque Cleanthes,
Priscaque Dis diuumque Patri, se Porticus æquans.

Ie ne sçay si la bigarure de ce chapitre vous plaira : Pour le moins ie ne veux pas que sa longueur vous déplaise. Ie vous donne le bon soir, & suis, &c.

Extrait du Priuilege du Roy.

PAR grace & Priuilege du Roy donné à Paris le 10. iour de Iuin 1662. Signé par le Roy en son Conseil, GVITONNEAV : Il est permis à GVILLAVME DE LVYNE de faire réimprimer *Le Virgile Trauesty du S. Scarron, augmenté du huitiéme Liure, Le Romant Comique en deux volumes, Les deux volumes de ses Oeuures, & imprimer tout ce qui reste à imprimer, contenant vn Recüeil de Lettres, deux Comedies intitulées L'Illustre Corsaire, & les Fausses Apparences, & plusieurs Pieces tant en Vers qu'en Prose*, pendant le temps de sept années entieres & accomplies : Et deffences sont faites à tous autres d'imprimer aucune chose du contenu cy-dessus, en quelque maniere que ce soit, à peine de deux mil liures d'amende, & de tous dépens, dommages & interests, comme il est plus amplement porté par lesdites Lettres.

Acheué d'imprimer le dernier iour de Ianuier 1664.
A ROVEN, par L. MAVRRY.

Les Exemplaires ont esté fournis.

Registré sur le Liure de la Communauté des Libraires, suiuant l'Arrest de la Cour du Parlement.
Signé, DV BRAY, Syndic.

www.ingramcontent.com/pod-product-compliance
Ingram Content Group UK Ltd.
Pitfield, Milton Keynes, MK11 3LW, UK
UKHW020308220726
13923UKWH00003B/1026

9 782019 692629